中经典
**Novella**

Jean-Christophe Rufin
**LE COLLIER ROUGE**

# 红项圈

[法国] 让-克利斯托夫·吕芬 著  唐蜜 译

人民文学出版社
PEOPLE'S LITERATURE PUBLISHING HOUSE

著作权合同登记号　图字 01-2017-5074

Jean-Christophe Rufin
Le Collier rouge
© Editions Gallimard，Paris，2014

**图书在版编目(CIP)数据**

红项圈／(法)让-克利斯托夫·吕芬著；唐蜜译.
—北京：人民文学出版社，2017.8
（中经典）
ISBN 978-7-02-013164-8

Ⅰ.①红… Ⅱ.①让… ②唐… Ⅲ.①中篇小说-法国-当代　Ⅳ.①I565.44

中国版本图书馆 CIP 数据核字(2017)第 191102 号

| | |
|---|---|
| 总 策 划 | 黄育海 |
| 责任编辑 | 卜艳冰　何家炜　郁梦非 |
| 装帧设计 | 张志全 |

| | |
|---|---|
| 出版发行 | 人民文学出版社 |
| 社　　址 | 北京市朝内大街 166 号 |
| 邮政编码 | 100705 |
| 网　　址 | http://www.rw-cn.com |
| 印　　刷 | 上海盛通时代印刷有限公司 |
| 经　　销 | 全国新华书店等 |
| 字　　数 | 60 千字 |
| 开　　本 | 889×1194 毫米　1/32 |
| 印　　张 | 3.75 |
| 插　　页 | 2 |
| 版　　次 | 2018 年 1 月北京第 1 版 |
| 印　　次 | 2018 年 1 月第 1 次印刷 |
| 书　　号 | 978-7-02-013164-8 |
| 定　　价 | 25.00 元 |

如有印装质量问题，请与本社图书销售中心调换。电话：010-65233595

一

午后一点,城里热浪袭人,狗叫的声音因此更加显得令人烦躁。它已经在米什莱广场守了两天了,也吼叫了两天了。那是只褐色的短毛大狗,没有项圈,一只耳朵撕裂。每隔差不多三秒,它就用低沉的声音喊上一嗓子,令人无法忍受。

旧时的军营在战时被改造成了监狱,专门收押逃兵和间谍。杜热就从那门口朝它扔了些石子儿,但无济于事。一察觉到有石子飞来,狗后退片刻,然后就又锲而不舍地重新开始叫起来。监狱里仅有一个犯人,看起来他也没打算逃走,可惜作为唯一的看守,杜热的职业道德把他钉在了这儿。于是,他没法儿去追这条狗或者好好吓唬吓唬它。

天这么热,没有人愿意出门。狗叫的声音在空空的街道上回响。杜热一时还起了拿枪的念头,可现在已经是和平时期了,就算只是条狗,他还真不知道是不是就能这么开枪。再说,那犯人还能抓住这茬儿,煽动市民更来劲地跟政府对着干。

这个犯人,不光是杜热讨厌他,抓他的宪兵们也对他印象很坏。他们把他押到监狱里去的时候,他一点儿也没有反抗。他看着他们,微笑过于温和,这也不讨宪兵们喜欢。能感觉得出来,他对自己的所作所为很有信心,似乎甘愿束手就擒,似乎凭他一人就能掀起整个国家的革命。

话说回来,这也可能是真的。杜热可不愿保证什么。他,一个孔卡尔诺①的布列塔尼人,对于这个下贝里省②的小城又知道些什么呢?反正他并不喜欢待在这个一年到头都很潮湿的地方,有那么几个星期从早到晚都有太阳,又实在太热。冬天下雨,土地吐出腐草的气味。夏天,路上灰尘漫天。而这个小城,要说周围也只有田地,谁也不明白怎么就散发着一股硫磺的臭味。

杜热关了门,拿手捧着头。狗叫声让他头都疼了。由于人手不够,从来没人替他的班,他连睡觉都在办公室。他有个草垫子,白天收在一个金属柜子里。这两个夜里他都没合眼,就因为这条狗。说起来他都过了熬夜的岁数了,他正经认为,一个人过了五十岁,就不该再受这般的煎熬了。他唯一指望的就是办案的法官快快到来。

栗树酒吧的女孩儿佩琳,一早一晚穿过广场给他送酒来喝,他总得挺住吧。女孩儿把酒瓶子从窗口递进去,他一言不发地把钱递出来。她看起来并不被狗叫困扰。头天晚上,她还停下脚步摸了摸它。城里的人也都选择了自己的阵营——都跟杜热相反。

他把佩琳送来的酒藏在办公桌下偷偷地喝。万一军官不打招呼就来,他可不想被捉现行。以他现在这精疲力尽的状态,有人来他也不一定听得见。

---

① 法国西部布列塔尼地区的海港城市。
② 法国旧省名,在法国中部,是传统的农业地区。

不过，这个监狱的看守还是打了一会儿瞌睡。因为一睁眼，法官就站在他面前。他个子挺高，大热天却穿着一件明显太厚的国王蓝上装，皮带紧紧地扎着，扣子也一直系到领口。他正站在办公室的门口，用毫无怜悯的目光打量着杜热。杜热坐起来，不听使唤的手指笨拙地系上几个扣子，然后起身，立正。他心里知道自己眼睛肿着，还散发着酒气。

"您不能让它别吵了？"

他一开口就说。他抬眼看着窗外，一点儿也不注意杜热的样子。后者还保持着立正的姿势，一阵恶心想吐的感觉顶上来，不敢开口。

"它看起来倒不凶。"军事法官接着说，"司机送我来停车时，它动也没动。"

真的，一辆车停在监狱门口，杜热什么都没听到。看来他睡的功夫儿比自己想象的要久。

军官转过身，懒懒地对他说了句"稍息"。很明显，他对纪律不是那么敏感。他举止自然，似乎将部队的那一套礼仪当作烦人的表演，然后拿过一张椅子，把它转过来，胯着坐下，身体前倾开始看卷宗。杜热放松下来，暗想说不定该喝上一口，天气这么热，这军官说不定也乐意和他干一杯呢。但他还是把这个念头从脑海里赶出去，仅仅费力地咽下口水，松一松喉头。

"他在吗？"法官朝通向牢房的金属门抬抬下巴。

"在，长官。"

"现在那里头有多少人？"

"就一个，长官。仗打完之后，这里头的人少了不少。"

也真是让他碰上了，就一个犯人，本来可以悠闲地过日子，偏偏有这条狗没日没夜地在门口叫。

军官出汗了。他用灵敏的动作解开了上衣上的二十多个扣子。杜热心想，他应该是就在进门之前才系上的，就为了装装样子。他才三十来岁，这也不稀罕。这场战争让好些这么年轻的人的肩章跳了级。小胡子中规中矩，并不茂密，就像鼻子下面的两条眉毛。蓝色的眼睛，但目光温和，也很可能有些近视，玳瑁眼镜从衣兜里伸了出来。他是为了美观才不戴的呢？还是故意想要用模糊的目光打乱受审者的心绪？他掏出一块方格手帕擦了擦额头。

"您叫什么，军士？"

"杜热·雷蒙。"

"您打过仗吗？"

看守站了起来，时机到了，他可以侃上几句，让人忘了他衣冠不整地样子，还可以让人了解他是多么不情愿干这个看监狱的差事。

"当然了，长官。我曾经是猎兵，这看不出来的，我把山羊胡子剪了……"

对方没有一丝笑意，他于是接着说：

"两次负伤，第一次在马恩河战役中，肩部受伤，第二次是腹部，在莫尔翁①。所以，从……"

---

① 凡尔登战役中的重要一战，整个村庄被炮火完全摧毁。

军官摆摆手,表示他明白了,不用再啰唆了。

"您有他的资料?"

杜热赶紧跑去打开一个圆腹书桌,从桌肚里拿出一个文件袋递过去。纸壳还挺像样子,事实上里头只有两份文件——宪兵队的笔录和犯人的士兵手册。他快速地看了一遍,但里头写的他都已经知道了。他站起来,杜热迫不及待要去拿钥匙来,但法官并不向牢房那边走,而是转回窗前。

"您应该把窗户打开,这儿太闷了。"

"是因为那条狗,我的长官。"

炙热的阳光下,这畜牲还在不停地叫。它换气的时候,舌头垂挂出来,能看出来它气喘吁吁。

"您觉得这条狗是什么品种的?像是条威玛猎犬。"

"您别见怪,我看就是个杂种。这样的狗,这乡下多着呢。它们就是看羊的,也能打猎。"

军官似乎没听见。

"要不就是比利牛斯牧羊犬。"

杜热心想,还是别插话了,又一个破贵族,围猎狂,又一个小乡绅,打仗的时候这些傲慢又无能的人造了多少孽。

"好了,"军官干脆而不带情绪地说,"我们走,我要去听听嫌疑人的说法。"

"您是想去牢里,还是我把他给您带到这儿来?"

法官看一眼窗外,狗的声音没有低下去。至少,进到楼里面，声音会小一点儿。

"去牢里。"他说。

杜热拿起串着钥匙的大铁环。打开通往囚室的大门时，一股类似地窖的凉爽的空气涌进了办公室，只是其中夹杂着体臭和粪便的味道。通道的另一头有个气窗，冷淡的、牛乳般的光线从那儿滴落到黑暗之中。这里曾是部队的营房，房门上加了大锁改成了监狱。通过半掩的门，能看见牢房内空空如也。最里面的那一间是关上的。有如走路的人跺脚把蛇唤醒，杜热弄出很大的响动打开门，然后请法官进去。

屋里有两个折叠床板，一个男人头朝里躺在其中一个上。杜热想要表现一下，喊了一声："起立！"法官却示意让他闭嘴出去。他在另一张床上坐了，等了片刻。他似乎在寻找力量，不是像运动员积攒力量准备爆发，而像一个人要完成某项苦役，却不知道自己的力气够不够用。

"您好，莫尔拉克先生。"他用手摩挲着鼻根，轻轻地说。

男人一动也不动，但从他的呼吸看得出来，他不在睡觉。

"我是朗蒂耶·迪·格雷少校，叫于格。如果您愿意的话，我们可以聊聊。"

杜热听到了这句话。等回到办公室，他痛心疾首似的摇了摇脑袋：自从战争结束，什么都不一样了，就连军事审判似乎都变得软弱犹豫，正如这个太过和气的年轻法官。

不带感情起伏就开枪的时代已经远去了。

看守人重新在办公桌后坐下,不知为什么,他觉得轻松多了,有什么东西不一样了。不是热,从凉快的牢房出来,他应该觉得更热才是,也不是渴,嘴里越来越干,他决定小心地从桌下拿出一瓶酒来止渴。事实上,不一样了的是寂静:它不叫了。

地狱般的两天以来,这是第一个安静的时刻。他扑到窗户上,去看它还在不在:一开始没看见,再一低头,就发现它坐在教堂的阴影里,专注而安宁。

自从法官进到他主人的牢房里,它就不再死命地吼叫了。

\*

军事法官安坐在床上,背靠着墙,打开的文件夹放在膝盖上。能感觉出来,他做好准备待上一阵了。他有充足的时间。犯人还是躺在他那硬铺上,背朝着他一动不动。但很明显,他没有睡觉。

"雅克·皮埃尔·马塞尔·莫尔拉克,"军官机械地念着,"一八九一年六月二十九日生。"

他手摸头发,心里在掐算。

"就是说您今年二十八岁,二十八岁零两个月,现在是八月份。"

他似乎并不期待听到回答,接着说:

"您的正式居住地是您父母的农场,您就出生在那里,比格尼,我想离这儿很近。一五年十一月动员参军——

一五年十一月？您是家里的劳力吧，才没有一开始就让您进部队。"

　　法官长期以来跟这类的基本信息打交道。叨念着这些身份信息，他有些伤感。时间和地点的不同定义了每一个人，由于他们的根本区别，每个人有了自己的身份。但同时，这些区别又是多么微不足道，相比编号，它们有效地说明了人和人之间相差无几。除去姓名和出生年月不同，所有这些人聚成模糊、紧密、无名的一群，被战争践踏、蹂躏、毁灭。没有人能在经历过这场战争后还会相信个人有什么价值。但朗蒂耶受命从事的司法审判工作，却让他不得不采集这些关于个人的信息，然后把它们塞进文件夹，等它们像厚书中压扁的花朵那样渐渐干燥。

　　"您首先被派去香槟地区的后勤部队，这应该不算是最艰苦的，去农场里征收草料，您会干这个，而且不危险。"

　　他停顿了一下，看犯人有没有反应。而面前这个躺着的身影仍然纹丝不动。

　　"然后，您所在的单元被编入了东方部队。一六年七月到达萨洛尼卡①，这么说，您可不怕这样的热天气，在那边就习惯了的。"

　　一辆卡车，缓缓地贴着气窗开过，低沉刺耳的声音消失在街道的另一头。

　　"您得跟我说说这个巴尔干半岛上的战役，我一直都

---

① 希腊北部城市。

没弄明白。我们想要挑衅达达尼尔的土耳其人，结果被人给扔到海里了，是吧？然后我们撤到了萨洛尼卡，跟那些不想和我们站到一边的希腊人玩起了猫捉老鼠的游戏。我没弄错吧。反正，我们这些在索姆河上的，一直都认为东方部队里的人，都是些银样镴枪头，在海滩上惬意混日子的。"

出人意料地搬出这些熟悉的字眼和近乎侮辱的言论，朗蒂耶知道自己在做什么。他连脸上都显出厌恶的样子。审问中其实常常得演点戏，他知道怎样能触动人，就像农民知道牲口什么部位最敏感。犯人的脚动了一下，这是个好征兆。

"不管怎样，您表现出众，很棒。一七年八月，沙拉伊将军签署的嘉奖令：'莫尔拉克下士，在一次针对保加利亚和奥地利军队的进攻中起了决定性的作用。在冲锋的第一线，他独力制服了九个敌人，终因头部和肩部受伤晕倒在战场上。他顽强坚持到同志们在夜间把他送回我方阵营。他的英雄行为拉开了我军在切尔那地区反击战胜利的序幕。'太棒了，祝贺您！"

朗读这段文字起到了他预想中的作用，犯人已经不打算装睡了。他躺着换了了一个姿势，也许是想要让人以为他翻身没有听这段话。

"这得是多勇敢的行动让您获得荣誉军团的勋章。荣誉军团勋章！给一个下士！我不知道在东方部队里怎么样，但在法国本土，我只听说过两三次这样的事情。莫尔拉克先生，您应该特别自豪吧！"

犯人在他的被子下面不知所措地动了动，看来他快露面了。

再谈谈您被捕时发生的事情吧。一个在这种境况下得了荣誉军团勋章的人会有意识地做出您被指控的事？我不敢相信。我猜您当时是喝醉了吧，莫尔拉克先生？战争动摇了我们所有人的信念。有时为了摆脱找上门来的回忆，咱会喝上几杯，多喝几杯，这时就会做出一些令人遗憾的事，对吧？是这样的话，您道歉就好了，真诚表达您的悔意，我们就到此为止。

法官对面的床上，这个人总算坐了起来，光着的两条腿从床边垂下来。他已经在被子下面捂得大汗淋漓，两颊鲜红，头发凌乱，但目光却并不浑浊。他苦着脸摸了摸后颈，伸展了一下身体。

他对面的法官仍带着疲倦的微笑稳坐着，文件摊开在膝头。

他对他说："不对，我没喝醉，我一点儿也不遗憾。"

## 二

他说话的声音不大，而且嗓音低沉，外面的人不可能听见，但广场上的那条狗却马上又叫了起来。

法官机械地抬头望向门口。

"这不，至少它在意您。没有别的什么人想着您吗，下士？没有谁希望您能摆脱这桩令人遗憾的官司，重获自由吗？"

"我再说一遍，"莫尔拉克回答说，"我的行为，我负责，我没有任何理由原谅自己。"

显而易见，战争在他身上留下了深刻的印记，他的声音里有什么东西告诉我们，他这话里有一种令人绝望的真诚。因为生活中的种种考验，和各色人等的交往，常人会给真理蒙上外皮，给自己装备外壳。而他，却粉碎了这些。在前线上日复一日，每天都确信死期不远，此种的疲惫，让人无力，也无心去说或去想不真实的事情。他们俩在这一点上是相同的。同时，千思万绪中那些关于未来、幸福和希望的话语却不待被说出来就被战争的残酷现实碾为齑粉。于是，赤裸裸的绝望中，只剩下了一些忧伤的句子。

"这条狗跟着您很久了？"

莫尔拉克挠了挠自己的胳膊。他穿了一件背心，肌肉于是显露出来。他中等个子，其实并不魁梧，浅栗色的头发在前额上有些稀疏,目光清亮。能看出来他曾是个乡下人,但眉宇间的气质和沉着的目光却如先知或见到圣灵显灵的牧羊人一般。

"一直都跟着。"

"您的意思是?"

朗蒂耶开始写审讯总结了,他得在里面用上一些准确的语句,虽然他对此毫无热情。

"宪兵来找我去打仗的时候它就跟着我了。"

"跟我说说。"

"有烟的话。"

法官在外衣里摸索了一阵,找出一包外壳已经揉皱了香烟,莫尔拉克把烟用对方递过来的火绒打火机点燃,像发怒的公牛那样从鼻孔里喷出烟雾。

"那时秋天快过去了,这您知道,都写着呢,我们还得翻地。我爸早就跟不上干活的马了。我还得给邻居帮忙,他们的儿子一开始就打仗去了。宪兵中午来了,我看见他们从有椴树的那条路上来就明白了。我跟父亲商量过,他们来找我我该怎么办。我想躲起来,但我爸也了解那帮人,他说他们迟早会来带我走的。于是我就跟着他们去了。"

"他们就来找您一个人?"

"当然不是,和他们一起来的,还有三个新兵,我都见过。宪兵们让我上了马车,我们还又去找了另外的三个人。"

"狗呢?"

"它跟着我。"

狗听到了吗？自从主人醒来，他就不停地叫，现在说到它，它就安静了下来。

"不止它一个，别的人一开始也都有狗跟着。宪兵们都笑。我想他们是故意让那些狗跟着车跑，这样挺逗的，跟打猎去似的，这么一来，这些人不说什么就被带走了。"

他说这些的时候，嘴角带笑而目光忧伤，他对面的军官也同样显露出表面的愉悦。

"这条狗跟您在一起很久了吗？"

"朋友们给我的。"

法官把一切都仔细地写下，看他如此谨慎地记录一条狗的事情还是挺逗乐的，但这条狗确实在他要审的这个案子里扮演重要的角色。

"什么种的？"

"母狗是布里牧犬，按我知道的来说是挺纯的种，公狗就不知道了。周围那片儿的公狗都来过。"

他说这话时，一点儿也不像讲荤腥的笑话，倒有些厌恶的感觉。很奇异，战争如何将这些关于肉体的故事变得让人无法忍受。就好像，和生命起源时炽热的交合与血缘的神秘延续悲剧性遥相呼应的，正是鲜血与死亡的欢宴还有战壕中炮弹轰响后不可辨识的混合物。

"总之，"军官打断他的话，"它跟着您，然后呢？"

"然后他一直跟着我。应该说它比别的狗机灵。我们在纳弗尔重新编队，上了向东开的火车，大部分狗都留在了月台上。但这条狗在火车开动的时候，使劲一窜，从站台上跳了上来。"

"那些当官的没有把它赶下去吗？"

"他们觉得好笑呢。要是有个几十条狗，他们就该全都扔出去了，但一只，他们打心眼儿里没有不愿意的。它成了团里的福星，反正，他们是这么叫它的。"

这会儿，他们在牢房里面对着面，各自坐在床板上，中间隔着狭小的空间，有点像在战时的掩体里的气氛。时间充足，日子静静流淌，但每时每刻，一颗炮弹就可以结束这一切。

"当然了，您也愿意。您对他有感情吗？"

莫尔拉克若有所思地在盒子里搜寻，拿出来一根快折断的烟，他将它掐成两截，点燃了其中一段。

"您可能会觉得奇怪，尤其在我做了这些事后。其实，我对狗从来都没有什么感情。动物，我不伤害它们，需要的时候会照顾，但要是兔子，或者羊什么的，该杀的时候我还是会杀。至于狗，我会带去打猎，或带到地里让他们看着奶牛。要说抚摸它或什么的，我不会。"

"那它跟着您，您也不高兴？"

"事实上，我挺尴尬。当兵打仗，我不想引人注意。尤其是一开始，我不知道这事儿接下来会怎样，有那么一阵，我想着是不是该偷偷溜走，可是，跟着条狗……"

"您想过逃兵？"

朗蒂耶不是以法官的身份问这个问题，而是像一个自以为了解手下人的军官，突然发现他的某个战士有一些出人意料的品行。

"您可能了解战争是怎么一回事，我不了解。一开始那阵儿，我马上想到的，是田里只剩下了我母亲和我妹妹。她们种不了地。也还有草料没有收回去。我于是想，要是部队不是那么需要我的话，我还是回到需要我的地方。您能明白吗？"

军官是城里人，出生在巴黎，并一直在那里长大。他常常注意到，他手下的士兵们，从城里来的和从乡下来的，看待后方有多么不一样。城里人想着的是娱乐、舒适，总之是散漫的生活。至于乡下人，则是土地、劳作，另一场战斗。

"除了您这条，你们这一队里还有别的狗吗？"

"火车上没有。但我们在兰斯下车的时候，不少的狗跟上了我们。"

"军官们什么都不说？"

"没什么可说的。这些狗自己找吃的。我不知道它们是在夜里翻垃圾桶还是有人给它们喂剩下的食物，也可能都有。反正，它们不用人照顾。"

"然后您上了前线？"

"我在那儿待了半年，征收粮草。那边不是前线，但有时我们离得很近，炮弹经常造成损失。"

"狗一直跟着您？"

"一直跟着。"

"真不寻常。"

"这是只不寻常的狗。就算在最艰苦的地方，它也能找着吃的。尤其是，它知道怎么迎合当官的。绝大部分狗后来都找上了麻烦，有的干脆被打死了，因为偷吃。我不知道您在哪儿当的兵，不过您也肯定见过这种事。"

在战壕里聊天的时候，人们有时也会忘了军衔等级这些事。就像牌桌上，筑路工跟公证人叫牌，没人会觉得谁冒犯了谁。在这间牢房里，法官依旧是仔细撰写口供笔录的法官，但他的问讯也有点像战友间的谈话。在死亡面前，没有上下级，只有平等的战友。

"绝大部分时间，我都在索姆河上，和那些英国人在一起。"法官说。

"有狗吗？"

"有几只。另外，他们派我来审你这个案子的时候，我马上想起了我的一些手下，跟狗的感情非常好。有的仅仅因为它们的存在就受不了战争了。他们最后都把狗看成了战友，另一个自己。我直接都说了吧，就算您曾经用言语挑衅，我也打算把总结往这个方向写：在内心深处，您和这条狗建立了一种战壕里的伙伴式的联系。这么说的话，他们肯定会原谅您。"

莫尔拉克坐起来，狠狠地把手里的香烟扔到房间深处的墙上。他看起来很气愤。战争让他不再会表达愉悦和温柔，却让他学会了宣泄愤怒和仇恨。对这种斗士的反应，法官很熟悉，不过在这个时候，他还是觉得有些出乎意料，尤其完全捉摸不透为什么。

"我不要您这样写，您听到了？"莫尔拉克使劲喊，"这样写就是假的！这么写我不签字！"

"静下来！您这是怎么了？"朗蒂耶有点气急。

"我做的事情不是因为我喜欢这条狗。简直就是相反的。"

"您不喜欢它？"

"我喜不喜欢都不是问题。我跟您说我不是为了它。"

"那是为了谁？"

"为了谁？还不是为了你们这些人？你们这些军官、政客、占了便宜的人。为了跟着你们的白痴，为了送别人上战场还有自己也上战场的人，为了相信什么英雄、勇敢、爱国这些空口号的人……"

他站了起来，喊出了最后几个字。被子已经掉到了地上。他穿着短裤和背心，狠狠地瞪着法官在叫喊。他看起来又可悲又可笑，也令人害怕，他的怒火似乎能使他做出什么的极端的事情，而且没有什么能拦住他。

短暂的惊讶之后，朗蒂耶找回了军官的本能。他啪一声合上了文件夹，直直地站起来，军装齐整的他自然地冲着面前这个几乎半裸的男人大声说道：

"莫尔拉克，安静！您太随意了！不要错误理解我的好意。这也是有限度的。"

"是您要我说话，那我就说。"

"我不能接受您的言论。不但不设法开脱把您送到这牢里来的罪行，您还给自己罪加一等：冒犯长官，辱骂国家。"

"我为国家牺牲够多了，所以我有权跟国家说些真话。"

他并不泄气。衣不蔽体的他跟法官针锋相对。这就是四年的战争的结果：经历了无数可怕的事情还活下来的人，什么都不怕了。没有什么人和事能让他们低眉顺眼。幸亏这样的人不多。法官决定今天到此为止，再继续纠缠下去，就会有损于他的威严了。

"静下来想想吧，伙计。咱们今天就到这儿。"

看门人杜热该是在听到喊叫时就过来了。他从门后窜出来，瞪了一眼莫尔拉克，用钥匙叮叮当当地打开铁门，把军官送了出去。

外面，那条狗又叫起来了。

*

朗蒂耶·迪·格雷的办公室在布尔日①市中心的一栋路易十四时期的大楼里，当地人管它叫孔代②军营。在被派往更好的地方之前，他觉得这里也还不错。妻子和两个孩子都待在了巴黎，他等着能被调过去和他们团聚。

莫尔拉克的案子没弄完，巴黎也好，布尔日也罢，他哪儿也回不了。这期间，他下榻在一个简单的小旅馆里，就在火车站旁边，来往商人经常住在这里。黄铜床架吱吱作响，旧毛巾经纬毕露。这个旅馆里唯一令人愉快的时刻

---

① 法国中部城市，旧贝里省首府。
② 指路易二世·德·波旁，即孔代亲王，路易十四时期的军事家。

是早餐。老板娘因为战争当了寡妇，她和她的妹妹在出城的地方打理着一个农场。早餐的黄油、牛奶和鸡蛋就是农场出产的。她自己烤面包，做果酱。

早上七点半，已经能感觉到又会是一个大热天。法官在洞开的窗户旁吃完早饭，想着这个麻烦的人和他的狗。事实上，他从昨晚上起就不停地想着这事儿。

昨天他突然拂袖而去。由于他的身份，他不能任由辱骂。但在内心深处，他又为这个顽固的小人物感到惊奇。

在这场无休无止的漫长战争中，朗蒂耶品尝了无数的情感。一开始，他是一个年轻的理想主义者，出身资产阶级（尽管有一个小贵族的父姓）。最初，他只有几个信条：国家，还有荣誉、家庭、传统，为了它们，人们必须屈服并舍弃他们微不足道的个人利益。然而通过在战壕中和这些人的朝夕相处，他开始多多少少地站到他们这一边。有那么一两次，他曾自问，他们被迫为之承受的痛苦，相对于这些信条本身，难道不更值得尊重吗？

停战后被任命为军事法官时，他觉得这是缘分巧合。上级应该是觉得他足够成熟才交给他这个重任：维护军纪和国家利益，而同时，体察人的弱点。

但这个犯人有些不一样，两边都有他。他是个英雄，保卫了国家，但同时也辱骂她。

他在城里闲逛了一上午，在修道院教堂前的酒馆里坐下来，把昨天的笔记整理成文。

他打算在下午再去找莫尔拉克，尽管觉得没什么用，但还是得给这个人一些时间让他静下来想想。

正午的钟声敲响,炎热的街道空无一人。他穿城而过,去先前在露天市场旁看到的一个饭馆午餐。家家户户都关上了百叶窗,以保持室内的凉爽。铁制的大门后,碗碟撞击的声音和女人的说话声从花园里传来。人们正准备在室外吃午饭。

饭馆里十分冷清。只有最里面的桌边坐着个老头。朗蒂耶在长椅另一头坐下,正在窗边。屋内的天花板很高,墙壁上模仿大理石花纹的拉毛粉饰饱含油烟,已经发黄了,镜子的水银膜也四处龟裂。老板拉开布帘挡住露天座位的阳光,为了通风,把门、窗户、气窗,能打开的都打开了。但这一切措施都无济于事。油锅的热气从厨房蒸腾而出,充满整个屋子。

这里的饭菜一年四季都一个样儿,主要是适合下雨天吃的肥腻的食物。朗蒂耶点了个猎人打的兔子,心想但愿汤汁不要太油,不过也不太可能。

他问老板要报纸,拿来的是前天的。浏览一下标题,说的都是飞行员查尔勒·戈德弗洛瓦开飞机穿过凯旋门的事迹。

"您是来调查莫尔拉克的案子的,对吧?"

法官抬眼看看跟他说话的老人,对方微微地坐直,算是打招呼。

"我是诺尔贝尔·塞尼莱,诉讼代理人。"

"幸会,我是朗蒂耶·迪·格雷少校。"

他当中尉时手下也有过一个诉讼代理人。这个人最爱纠缠细枝末节，要这要那，总是要在解释条例时讨价还价，好尽可能省事。然而就在第一次攻击战时，他最先冲出战壕，比别人都早，在离防弹片掩体两米的地方就被打死了。

"您说得对，我是来办莫尔拉克的案子的。您认识他？"

"呵，长官，这个城里，甚至这个地区，每个人我都认识。这是职业问题，而且我也上了岁数了。还有，我们家干这一行已经五代人了。"

朗蒂耶表示理解。这时热气腾腾的野味也上来了。他忙着把肉块从圆形小锅里捞出来，小心地不带上过多的汤汁。

"七月十四号那天，看见他带着狗时，我可一点儿也没想到……"

代理人露出一点诡异而谨慎的表情，仿佛根据对方的反应，他便可以转脸表示愤慨或展开坦诚的微笑。但法官决定不给他搭这个桥，而是开始吃兔子了。

"您是怎么想的？"

法律从业者眯起眼睛看过来：

"我很吃惊，没想到他会来这一手。"

"关于莫尔拉克，您知道些什么？"

"打仗前，是个老实人。我见过他们家里人。他父亲是个农民，很虔诚，很勤快。他和老婆生了十一个孩子，只有两个还活着。一个就是被关起来了的这个雅克，还有一个小他四岁的妹妹，叫玛丽。他俩看起来都是病怏怏的，但别说，还就是他们活下来了。"

"他读过书吗？"

"几乎没有。在这些偏僻的地方，没人操心这个。尤其是家里孩子不多的时候。神父给他上过课，无非是教他识字算术，然后他就下地帮他爹干活儿了。"

朗蒂耶点点头，不过他真正操心的是把兔肉里剩下的碎骨头吐出来。他一般不爱考虑他吃的这些动物是怎样被宰杀的，不过这回他却忍不住要去想。

"他没有朋友？没有什么政治倾向？"

"他认识这附近的几个人，有时赶集或者舞会的时候会碰上，尽管他去得不多。至于政治，您也看得出来，这里很安静，神父给谁投票，他们就投给谁。当然也有那么一小撮爱煽动人情绪的，他们在一个咖啡馆里聚会，对了，就在您住的旅馆旁。"

"您知道我住哪？"

诉讼代理人耸耸肩笑笑，懒得说什么。

"那他打完仗回来后呢？"

"一点儿也不引人注目，除了这一天……他住在一个带家具出租的公寓里，他妹妹结婚了，他看不惯那妹夫，就没回去过农场。但这也不奇怪，很多老兵回来都变孤僻了。"

他觉得这话也在说他。无论如何，他也是个老兵，要是仔细想想，他现在交往的人也不多了，人家可能也会觉得他行事怪异。

"他有老婆吗?"

"这可没人知道了。他没跟谁一起住过。不过不远的一个小村子里有个姑娘,有段时间听说是他的女朋友。您也明白,人们就说说,谁知道他们真怎么样了。"

"她叫什么?"

"瓦朗蒂娜。住在叫瓦勒奈的小村边缘。"

"她和家人在一起?"

"没有,有一阵流行麻疹,他们全死了。她继承了一点儿田产,包租给了人,能挣几个钱,她还编柳条筐子卖。对了,差点儿忘了,她有个孩子。"

"多大了?"

"应该是三岁。"

"是莫尔拉克的吗?"

"谁晓得。"

"他不是当兵去了吗……"

"他回来探过亲。"

朗蒂耶的兔子快吃完了。油汤和热天气让他大汗淋漓。他解开外套的扣子擦了擦汗。接下来的几个小时会更难熬,还不如回去躺下睡会儿。

诉讼代理人没什么可说的了,但他透露了这么多消息,便想让法官拿点儿参谋部的秘闻来交换。可惜他的算盘落了空,法官打着哈欠,外套也没穿上就告辞了。

## 三

把野兔消化掉,已经快到下午四点了。还有些迷糊的朗蒂耶从旅馆往监狱走。他开始熟悉这里了,这回抄了一条近路,没有绕远。

他一开始还以为狗不叫了,其实只是因为他是从大楼后面的一条路走过来的。一转弯,他就又听到了那只狗似乎已经弱下去了的声音。它一定是累了。监狱看守说三天来,它就消停了一会儿,就是法官头天去牢里的那阵子。

"夜里也叫?"

"也叫。"杜热一边表示肯定,一边揉因为失眠而浮肿的眼睛。

"周围的人不说什么?"

"一来,这周围住的人不多。再说,不是我说啊,长官,这边的人可不欢迎军人。是,他们是说为大元帅们自豪,长毛兵们①都是好样儿的。不过他们也记得宪兵们怎么到农场里来抓壮丁,军官怎么开枪打那些腿肚子软了的人。您得知道,四年里这监狱里满满的都是要受审的人,他们全都是因为想要躲起来不去打仗的啊。"

---

① 原文为 poilus,法语中专指一战期间的法国士兵。

"您的意思是说人们都同情莫尔拉克?"

"不是专门同情他吧。您想,这是最后的一个犯人。再说,他的狗这事儿,让大家都心软了。半夜里,我看见有人影偷偷地来给狗喂吃的。"

军官让杜热带自己进去。这回莫尔拉克没有睡觉,一缕充满灰尘的光线透进囚室,他就着这道光线坐在地上看书,穿好了衣服。

"您看起来比昨天冷静些了,我们可以重新开始了。"

朗蒂耶在跟头一天一样的床上坐下。

"请坐在我的对面。"

犯人缓缓起身,把书放在床边然后坐下,穿上便装的他不太像医院里的疯子了。

"您在读什么书,我能看看?"

法官欠身够到书。这个四开本大书的页脚和页边都已经卷曲磨损,看样子它该是经过了好些衣袋,被水淹过好几回。

"维克多·雨果的《冰岛凶汉》。"

朗蒂耶抬头仔细看看面前这个倔强的农民。他似乎在他的嘴角察觉到了一丝微笑。但对方马上又摆出直眉怒目的犯罪嫌疑人的样子。

"我记得您没有上过学。"

"这,"莫尔拉克朝书的方向抬抬下巴,"还有战争,就是我的学校。"

法官放下书,在他的本子里记上了一笔。要是朝这个方向谈下去,他会很不自在。要说文学,他喜欢古希腊的作家,西塞罗、帕斯卡①和其他古典作家。至于现代的,他只读过赞美祖国的一些作家,主要是巴雷斯②。他的家人崇拜君主制和帝国,也就是说专制,至于雨果深情描述的共和国,他们是不屑一顾的。

"接着昨天的话题说吧。"他看看头天的笔记,"您曾在香槟地区。那半年中,您有过假吗?"

"有过。"

"您回到这儿了?"

"是的。"

"狗也回来了?"

"没有,狗在那边等我。伙计们照看着他。"

"然后,您被派往东方部队,它也跟您去了?"

"我的部队先是坐火车到了土伦。狗和我们在一起,但我一直以为它走不了更远了。临时宿营时还好,到了港口就是另外一回事儿了。弹药库的步枪手跟畜牲较上了劲,打狗毫不留情。到了那儿第二天,狗就不见了。"

"您上了部队的船?"

"不是,征用的货船,叫奥兰市号。是条遍体生锈的破船,战前在法国和殖民地之间跑来回。我们在上面待了四天才启程。船上都是棕榈油和马粪的味道,底舱里有

---

① 应指布莱兹·帕斯卡,法国十七世纪神学家,哲学家。
② 莫里斯·巴雷斯(1862—1923),法国作家、政客,当时的民族主义领军人物。

五十来匹马,都是给上面的人骑的。人人都吐,这还没出海呢。"

"狗在船上吗?"

"我们一开始不知道。这是最令人惊奇的了。它应该是明白了,只要船还靠在岸边,它就不能露头。出海后第二天它就钻出来了。"

"军官们没把它扔海里?"

"军官,都没影儿了。"莫尔拉克吹了声口哨。

他这下又拿眼睛瞪着法官:

"他们都在军官的饭厅待着,大概是不想让人看见他们呕吐吧。"

"那军士们呢?"

"我跟您说了,这狗很狡猾。它出来的时候,嘴里叼着只耗子。我们在船上已经四天了,知道那上头遍地都是这祸害,于是大家都很高兴它来打扫打扫船舱。"

"它于是成了大家的狗。"

"没有,因为它自己不这么想。它从来都觉得我是主人。在我的脚底下趴着,在我旁边睡觉,要是谁没好气地来找我,它就会低声地吼。"

莫尔拉克说话的语调有一些奇怪。他乐意谈他的狗,说它的好,但他的声音里没有一点儿热情。有的,似乎是不屑或遗憾。好像他对他谈到的这些优点都有严肃的看法。

"您给它取了个名字?"

"我没有。别人。自从它跳上火车,伙计们就开玩笑管它叫威廉,因为德国皇帝①的缘故。"

"我明白了。"朗蒂耶有些愠怒。

他记下狗的名字,这个空隙里,他注意到狗叫声又一次停了下来。

"那'威廉'在萨洛尼卡过得怎么样?"

"您没有根烟?"

这回,法官有备而来,他拿出了一包灰色包装的烟丝和卷烟纸。莫尔拉克开始用手指头卷烟。和所有的大兵一样,他对这个很在行。但能看出来,他故意做得很慢,那时候,卷香烟的首要目的是为了打发时间。

"萨洛尼卡,"他并不从他的作品上把眼睛抬起来,"是个奇怪的地方。"

他卷了一根很粗的烟,夹在因劳作而变黑的手指间揉搓。

"我从来没见过这么多不同的人。法国人、英国人、意大利人、希腊人、塞尔维亚人、塞内加尔人、安南②人、亚美尼亚人、阿尔巴尼亚人、土耳其人。"

"可是是一个法国军官来指挥远征部队的吧,是吗?"

"谁指挥!又指挥什么!我还想问您呢。大家说的话都不一样,谁都不知道该干嘛该去哪儿。在港口是最乱的。一条狗在那儿什么都不愁,简直是天堂。岸边都是垃圾堆,

---

① 当时的德国末代皇帝是威廉二世,而威廉一名在法语中叫纪尧姆。此处根据中文习惯将其称为威廉。
② 越南中部地名。

各种动物的骨头在太阳底下烂掉，人都坐在地上吃饭，骨头果皮直接扔到身后：它都不用逮老鼠了。"

"您没有在港口停留？"

"停了几天。得把船上的东西卸下来。起重吊臂都太老了，不停地卡。军官们骑着马到处转，参谋部发出指令又撤销指令。谁都晕头转向。"

"然后您直接被派去萨洛尼卡？"

"想得美！他们让我们去城里游行，奏着音乐举着旗帜。我们还挺高兴，因为城市还漂亮，至少市中心不错。有宽阔的林荫道，两边是棕榈树，法国梧桐。可是后来就得穿过脏乱的市郊，最后我们到了郊外向北走。走着路，漫天的灰尘扬起来，也不落下来。话说回来，当步兵就得做好一切准备。"

说着，他垂下了眼帘，似乎是想要掩盖情绪。朗蒂耶完全能体会他的心情。无休止的行军，令人精疲力竭的守夜，极端的恐惧、饥饿、寒冷、干渴，纷乱的回忆攫住了他。无言的间隙里，他似乎能感觉到对方在颤抖。

"总之，"莫尔拉克平和地总结道，"应该说天气挺热。"他使劲地抽了一口烟。

"市区北面的平原上有个很大的军营，布置得很好，可我们只是路过。每次到了什么地方，我们都以为该完了，要扎营了，可我们一次次地重新开始往北行军。开始有山了，路上都是石子，还得把辎重武器都带着。我们看得很明白，该上前线了。"

"萨洛尼卡离前线远吗?"

"一开始我们知道什么?幸亏有从前线下来的人说战斗的事。我们是这样才知道塞尔维亚被奥地利和保加利亚占了,我们要上去把她夺回来。消息一丁点儿一丁点儿地来,一时有一时没有,还夹着好些流言,也不知是真是假。在萨洛尼卡听说了春季攻击战,我们这会儿才明白进攻战被推迟了,而且是轮到我们去打。于是被送到第一线时,大家都已经知道是怎么一回事儿。"

晚饭的汤到了。这是医院给病人做的,一个护理员把汤盛上四盘,装在一个桶里送到监狱来:两盘给犯人,两盘给看守。要打扰军官,这让他手足无措,但晚饭对他来说简直是不可抗力:他喜欢趁热吃饭,而要是犯人还没吃上,他是什么都不能动的。朗蒂耶暂停问话离开了监狱,走时心想,明天可不能再来这么晚了。

*

法官没有睡好。大半夜的,一帮喝酒作乐的人在他的窗下大喊大叫,他被吵醒后就睡不着了。他想着这个莫尔拉克,为什么他不抓住自己扔给他的救生圈呢?他为什么不肯说他喝醉了呢?他为什么不承认他非常爱这条狗然后一时昏了头?如此,稍微受点处罚,这事儿就过去了。

同时,不知道为什么,朗蒂耶也感谢他没有让步。自从被任命为法官,他处理了很多简单的案子:确凿的罪犯或真正的无辜者。这些案子都不太有意思,他倒是倾尽全力把事情搞得更复杂,想要找出罪犯头脑中的理想主义或是无辜者的污点。

而这个莫尔拉克,他的身上似乎混合着好与坏二者。想到这儿,就很令人恼火,甚至气愤。但至少,这里面有一个谜要解开。

天不亮他就起床了。下到底楼,饭厅里还很昏暗,但有光线从备餐间的玻璃门投过来。旅馆的老厨娘若热特正在捣炉子里的炭火。她请法官在放盘子的珐琅面的桌边坐下。

"瓦勒奈村,您知道在哪儿吗?"

"离这儿三公里,在去圣-阿芒的路上。"

"今天早上有谁能带我去吗?"

"您打算几点回来?"

"我回来吃午饭。"

"这样的话,您骑自行车去,院子里有一辆。夫人常常借给想去周围溜达的客人。"

朗蒂耶上路了。透过树枝照下来的太阳像个闪亮的刺儿球。一过火车站就到了乡间,比城里热闹得多。路上马车在跑,田里套着的马也开始干活儿了,农民弹着舌头发出响声催它们往前走。还很清朗的天空中,燕子发疯似的转着圈。

经过一个长长的漫坡后,马路通向一个池塘遍布的平原。这些池塘互相联通,冬天给周围带来更多的湿气。池塘边长着柳树,周围的田地里,一丛丛的荆豆肆意地生长,因为这里一年里能有六个月都漫着水。不过在这样的炎热天气里，这里却很荫凉，也比城里更湿润。

跟一个老车夫问了路，法官轻易地知道了瓦朗蒂娜的住处，要沿着最后一个池塘边的小路往里走。虽然是大夏天，小路上有的地方仍是肥厚的黑色淤泥，有人在泥里放了石头，可以踩在石头上跳过去。朗蒂耶把自行车藏在一丛山楂里，走路进去。

瓦朗蒂娜在她的菜园子里。她成年累月在这片方形的园子里用双手翻地。这使得她指节粗大，指甲乌黑。她跟人说话时，一定把手藏到身后。

当她看到穿着军装的人走上通往她家的小路时，便放下了菜篮子站起来，双手背到后面。

朗蒂耶·迪·格雷在她面前三步远的地方停下来，摘下无檐帽。阳光下，他的制服有些显旧，也近乎扎眼。天气炎热还这般穿着，无非是想要把自己跟普通人区分开来，显得威严。如今战争已经结束，这么穿反而显得很滑稽。

"您是……瓦朗蒂娜。"

诉讼代理人告诉了名字，法官就凭这个找到了这儿。但素不相识就喊名字，却有点过于随便的嫌疑。他脸红了。

眼前这个瘦高的女孩穿着一身简朴的蓝色布裙，但她却不像个村姑。长长的手臂赤裸着，皮肤下是蜿蜒的粗大的血脉，棕色的头发没有经过打理，她可能用剪羊毛的剪刀给自己修过，还有骨骼轮廓明显的面容，这些都让人联想到这里并不温和的自然环境，她必须忍耐它的严酷，抗争以求生存。严冬和劳作的侵袭，并没有掠走她身体的美和庄重，这些优点，都收敛到她的双眸之中。她的目光漆黑明亮，直率地看着对方，并指出通向心灵的路径。虽然外表穷困，但她的目光也说明她坦然接受自己的处境，并不逃避。与其说是出于高傲，更是迎接挑战。

听到有人说话的声音，一个小孩儿从屋里来到门槛上。瓦朗蒂娜示意让他离开，孩子立刻向森林跑去了。

"您来找我做什么？"

四年的战争中，军人的拜访通常意味着死讯，人们还心有余悸。朗蒂耶挤出微笑，显出可亲的样子。他作了自我介绍。听到"军事法官"这几个字，年轻的女人颤抖了。

"我有什么能……"

"您认识雅克·莫尔拉克？"

她点头，看了一眼树林边缘，确信孩子不在。太阳已经升起来很高了，驱走了最后一丝凉意。朗蒂耶感觉到腋下有汗水在流淌。

"我们可以到什么地方谈谈？"

他是指"荫凉的地方"。

"请过来。"她带他去屋里。

门敞开着，从外边进来，他过了一阵儿才适应了屋里的光线。他踢到了地上的六边形地砖，于是站在了餐具柜边上。瓦朗蒂娜请他在椅子上坐下，他照办了，一只胳膊支在桌上。她拿来一个水罐和一瓶糖浆。瓶塞上粘着糖，她挥手赶走苍蝇。

朗蒂耶暗自观察屋内的陈设，有些惊讶。这不是一个农妇的房间。当然了，这是在乡下。天花板上挂着风干的香草，壁炉旁的架上放满了各种果酱和罐头的瓶子，食品柜里散发出奶酪和咸菜的香味。但除此之外，有好些出人意料的地方：首先，墙上贴满了复制的画。它们大多是从画报上剪下来的，湿气让纸变得凸凹不平，墨也晕开了，但是还能辨认出一些有名的作品，像米开朗基罗的大卫，或是圣罗马诺之战①。也有一些不太著名的画：肖像、裸体、风景，在这一切中间显眼的地方，还有他最不能忍受的那位立体主义前卫艺术家的作品。

但最打眼的，占了一整面墙的，是书。

军官抑制不住地想要起身看看那些书的封面，好知道都是些什么。从远处，已经能看出不是些少女小说。它们大部分都包着颜色黯淡的朴素封皮，而不是通俗出版物色彩繁杂的封面。

瓦朗蒂娜也坐下了，把目光直直地投向军官，眼中的深沉褪去了她嘴角那抹微笑的一切热度。朗蒂耶喝了一口糖水，镇定下来。

---

① 十五世纪佛罗伦萨画家乌切洛的作品。

## 四

"我负责预审一个士兵的案子,他被关在城里的监狱里,您认识他。"

瓦朗蒂娜早已明白,但她只是不动声色地眨了一下眼睛。

"他叫莫尔拉克。"

既然两人都知道要说到什么,这么来一句实在有点儿愚蠢。法官有点懊悔把自己放到这样一个尴尬的境地,为了证实自己能扭转局面,他直截了当地问:

"您是怎样认识他的?"

"他的农场离这里不远。"

"我还以为……"

"从大路走是挺远的。不过有条小路,穿过那些池塘,只要十分钟。"

"就是说,你们从小就认识。"

"不是,我不是在这里出生的。我来这儿的时候十五岁。"

"有人告诉我说您的家人都因为麻疹去世了。"

"就是我妹妹和我母亲。"

"您父亲呢?"

她垂下眼帘,捏住了覆盖在膝盖上的裙摆。然后又抬起头正面看着对方：

"生病去世的。"

"麻疹不是病吗？"

"别的病。"

他觉察出来这里有什么让人不自在的秘密，但他不想强求她说出真相。无论如何，他是来拜访她的，而不是来做审讯。他没必要让她更多地辩护什么。

"于是，双亲去世之后您来到了这里。为什么是这个地方呢？"

"我父母在这周围有一些地。当时我还有一个姨祖母住在这个房子里。两年后她去世了，只剩我一人。"

房间里充满了冷却的木柴和火硝的味道，某种古龙水的气息似乎漂浮着想要尽力掩盖它们。应该是像有些老姑娘家或是修道院里那样自制的香水。

"您当年和父母住在哪里？"

"在巴黎。"

原来如此。她的不幸并不在于在这里的乡下过穷日子，而是经历和展望了别样的生活。被流放到这个荒凉之地的她所保存的那些书和画儿，原来是被灾难毁灭的生活的遗迹。

"您认识莫尔拉克的时候有多大？"

"十八岁。"

"怎样认识的？"

显然，这个问题有欠含蓄。但她仍然像刚才一样尽力回答。朗蒂耶觉得她似乎从容不迫，而她的坦诚又似乎掩盖着更本质的东西。

"那时我还有些牲口，需要草料。我去他家买。应该说我们互相都喜欢上了对方。"

"你们为什么没有结婚呢？"

"我们本想等我到可以结婚的年龄。后来开始打仗了，他走了。"

"带着狗？"

她放声大笑。他没有想象到她能这样毫无拘束地笑，她的脸上有一种昙花一现的，但十分明显的快乐。她该是用这样的力量去爱吧，他迷惑了。

"是，带着狗。那又怎么样？"

"您知道他为什么被关起来。"

"哦，这个。"

她耸耸肩。

"他是个英雄，不对吗？我不明白为什么因为这点小事儿为难他。"

她说到"英雄"二字的时候，口气很奇怪，好像使用了一个外来词汇。

"这不是小事儿。"朗蒂耶干巴巴地回答道，"这是侮辱国家。不过，我同意您所说的，我们可以考虑到他在战时的事迹而抹去这个章节。另外，这也是我尽力向他提议的解决方法。可还得要他不反对才行。"

"您的意思是？"

"他得道歉，降低事件的影响，说自己是喝了酒了或者别的什么理由。"

"他不同意？"

"他不但不同意，而且还以不负责的言语加重错误，好像是想要被判刑。"

瓦朗蒂娜眼神恍惚，嘴角浮现出一丝奇怪的微笑。然后她做了一个急促的手势，像是要将什么东西从桌上挥手扫开。她的手撞到了糖浆，瓶子掉下去摔碎了。一时忙乱。她站了起来，朗蒂耶也是。她从一个柜子底下拿来一块擦地的布，用扫帚收集起玻璃碎片。军官想帮忙又插不上手，只好作罢。趁着站起来的机会，他靠近了满满当当的书架。

从最厚的书脊上，他瞥见几个书名。有好几本左拉的小说。也有卢梭的《新爱洛伊斯》，还有一本，他不太确定，似乎是朱乐·瓦莱斯①。

"好了，"瓦朗蒂娜说，"对不起，都收拾好了。我们说到哪儿了？"

她请法官回到桌子这边来，似乎也是忧心让他离开书架。他回来坐下，思考了好一阵才重新开口：

"你要知道，莫尔拉克的案子应该是我要办的最后一件之一了。我正要退伍转业。某种程度上讲，我希望这个结束曲是鼓舞人心的，成为一个好的回忆。如果我能阻止这个嫌疑人自暴自弃，我会很满足，能轻松地放下这个职业。

---

① Jules Vallès，法国十九世纪作家，极左派政治人物。

您看,这是很自私的。"

解释在这个案子中他的个人意愿,朗蒂耶有些难为情。但她早就看出来了。

"莫尔拉克确实是个英雄。"他接着说,"我们打赢了这场仗,全靠他这样的人。我想要救他,可这又违背他的意愿,他下定决心想要被判刑,我是真不明白,所以才来找您。"

她不眨眼看着他,等着下文。

"我能问一个问题吗?有些冒昧,但我觉得至关重要。"

她不说话,她也知道他不期待有回答。

"您的孩子是他的吗?"

她知道他最终会问到这个。

"儒勒是他的儿子。"

"孩子三岁了,就是说您是在战争期间……怀上他的。"

"雅克放探亲假回来的时候,我们几乎一刻不停地做爱。"

朗蒂耶觉得自己脸红了,但他太想知道问题的答案,也顾不上害羞了。

"他向市政府承认了这个孩子吗?"

"没有。"

"本来可以的。"

"是。"

"但他没有去承认。"

"没有。"

他猛地站起来朝门口走去,又在门槛上停了一下,一时不能适应眩目的阳光。小男孩儿已经回来了,穿着一身泥土色破布拼凑的衣服,他举着一根木棍,上面戳着只鼹鼠,跑得上气不接下气,脸上没有一点怜悯的神情。

"他回来后你见过他吗?"

"没有。"

"可是,他是为了您才回到这里的。"

"我想不是,他要是回来了,是想回他的农场吧。"

"然而他没有踏进农场半步。他在城里租了一间带家具的公寓住着。"

这一条是写在宪兵们的报告上的。自从他妹妹结了婚,莫尔拉克的农场就是他妹夫在打理,他回来后看都没去看一眼。他用假名在那家人寄宿,老板娘马上认出了他。她将他的举动仅仅归结到因为战争刺激而导致的怪异行为一类。

"这个我不知道。"

"他有想要看看他儿子吗?"

"我没有这个印象。"

"您会允许他见孩子吗?"

"当然。"

"我可以告诉他吗?"

她耸耸肩膀。

"您会去监狱看他?"

"我不知道。"

能感觉出来她早就想去了。但有什么事情阻碍着她。朗蒂耶没有忍心问是什么。

回来的路上，太阳无情地炙烤着大地。他又热又累，自行车的前轮歪歪扭扭。

他埋怨自己没有提更多的问题。

\*

朗蒂耶将自行车放回院子里的时候，修道院的钟声正好敲响，已经是下午两点了。他上楼到房间里快速地洗洗脸，换件衬衫，然后来到饭厅。若热特把他的饭菜留在一张桌上。揭开白色茶巾，盘里有一段花鲶鱼的尾巴和婆罗门参的菜泥。不加考虑就喝下肚的两杯波尔多让他不得不重新上楼睡了半个小时。

他往监狱走的时候，已经快三点半了。热劲儿稍稍地下去了一点儿。几丝带着凉意的风从东面吹来，带着些许森林的气息。有这样的一些时刻，平民生活似乎已经很近了，他开始提前想念军旅生涯。身着紧束的军装穿过小城时，他体验到一种真正的愉悦。这衣服我穿不了多久了，我会怀旧的，他心想。

转过丹东街角，是完全笼罩在阳光下的广场，对面便是监狱。他踢到了横卧在人行道上的一个什么东西：是威廉·莫尔拉克的狗。它侧卧在地上，探出来的舌头垂到地上，深陷的眼睛因为发烧而显得明亮。没日没夜的叫喊似乎耗尽了它的力气。它肯定渴得要命。广场一角的椴树下有个给水龙头，朗蒂耶走过去摇动手柄，水泵运作起来。

狗听到了水流的声音，艰难地站起来走到水槽边。他继续转动吱嘎作响的铜手柄，随着他的动作，它准确地一下下伸出舌头喝水。

狗喝完水，法官在这片树荫下的长椅上坐下，猜想威廉会不会到广场上接着吠叫。与此相反，它停在长椅前盯着他。

近看这条狗，真有些惨不忍睹。它有点儿老战士的样子，背上和肋部都有好几处伤疤，是子弹和弹片留下的痕迹。似乎没有人给它作过包扎，这些伤口自己勉强愈合了，留下长条的褶皱、硬块和老茧。一条后腿变形了，它坐着的时候，不得不斜支着这条腿以免歪倒。朗蒂耶伸出手，狗靠近了让他抚摸。它的头摸起来凸凹不平，就像戴着一个变了形的头盔，嘴的右边是粉红色的，没有了毛，这是被严重烧伤留下的纪念。但在这张饱经折磨的脸上，闪动着一双哀伤的眼睛。看得出来，除非为了报信，它习惯了不张狂，尽量不发出声响。它的眼睛里饱含了别的狗用尾巴摇、用爪子挠、哼唧或是打滚所能表达的一切情感。

朗蒂耶观察着这条狗如何稍稍地歪着脑袋皱着眉，或是睁大眼睛流露它的喜悦，又或是狡黠地眯着眼看着跟它打交道的人，好了解他的意图和渴望。这些表情，加上脖子的一些富有表现力的细微动作，使它可以表达自己或者回应别人的一切喜怒哀乐。

炎热的天气里，长椅上的法官只觉得慵懒爬遍了全身。为国家战斗了四年，然后为维护秩序和权威，审判那些可怜虫，又是两年。这一切使他身心俱疲。刚才还在怀旧，现在他又开始为被军旅生涯掏空的自己遗憾。今后他还有能力做别的事情吗？

大狗该是感觉到了他的气馁，于是靠近来把下巴搭到了他的膝盖上。它放缓呼吸，悲痛地呼着气。

朗蒂耶抚摸着它。他的手热切地沿着它肌肉发达的脖子摸下去。当他挠挠它的耳朵，它就幸福地摇晃脑袋。

他也曾经有过一条狗，叫科尔冈。他还记得在佩尔什①，他的父母曾有座房子，在门前的台阶上，他和那条狗长时间地在一起亲热。那是一只黑白毛皮的指示犬，血统纯正，受到了良好的饲养和照顾，但它也和威廉一样地忠诚。那是于格·朗蒂耶十三岁那年夏天发生的事。

那个时期，朗蒂耶一家在于讷河河边的这个庄园避暑，十月份才回去，只有他的父亲不能待这么久。他是坐落在拉斐特街的一家银行的代理人，八月初就得回巴黎。朗蒂耶于是和他的两个妹妹还有母亲留在庄园里。

家里的经济开始拮据起来，不久他们不得不割舍从一个叔叔那儿继承来的这份产业。在卖掉它之前，他们辞退了不少家里的佣人，只留下一个厨娘和一个赶着马车负责采买的老管家。

一个秋天的傍晚，强盗来了。围墙有些地方早就塌了，他们一抬腿就跨进了庄园。这是一伙什么人什么事都不怕，

---

① 法国西北部地区名，在卢瓦尔河以北，马恩河以东。

也从不在一个地方久留的盗贼。他们有三个人，加上一个领头的，是个胡子蓬乱，身材高大的金发男人。

晚饭时他们闯进了客厅。为首的那个喊叫着，将母亲和两个女儿逼到了房间一角，两个同伙把厨娘和老用人也赶到这里。第三个人用晾衣绳将他们捆起来，一个挨一个放倒在钢琴后的地上。

只有于格逃脱了。他们来的时候，他正在楼上自己的房间里玩耍。他透过楼梯栏杆的缝隙看到了一切。

接下来发生的事粗暴肮脏。他们砸烂了橱柜，喝掉整瓶的葡萄酒，狂吃大嚼柜里的食物。其中的两个人打了起来，把房间里的摆件和画儿互相扔到对方的头上。一个孩子无法忘记这样的场景：转瞬之间，这座房子里安详的秩序被一扫而空，取而代之的是原始的欲望和盲目的暴力的喷发。于格在等待噩梦结束。

过了一阵，夜色渐浓。强盗中的一个，没有光顾着大吃大喝的，提醒同伴们这里还有四个女人可以供他们享乐。于格的妹妹们分别只有十岁和十一岁，但这些混蛋并不在乎这些细节。他放声笑着走到钢琴后，打量着地上躺着的身体，然后拉起其中一个人的双脚拖到了房间中间。是索朗热，女孩儿中年长的一个。宽松的蓝色裙子使她看起来有一些身形。已经醉了的强盗把她拉起来给同伴们看。他们都已经在靠背椅上醉得东倒西歪。可怜的女孩儿被吓坏了。于格能看见她因为惊恐而睁大的眼睛。他本能地想要从藏身之处冲出来救妹妹，可这只能是给暴徒们再添上一个任其摆布的受害者。他闭上了眼睛。

一声尖叫让他睁开了双眼。索朗热的裙子被扯下,她使出全身的力气喊了起来。强盗被这喊声吓了一跳,迟疑了一下。就在这时,一个身影穿过房间向他扑去。是科尔冈。强盗向后倒去,一边挣扎一边哑着嗓子呼号,狗咬住了他的脖子,把他压在地上,撕咬着他的脸。另外的几个人吓呆了,一动不动地看着这场景。片刻之后,他们醒过神站起来。狗撇下它第一个在地上哀号的猎物,转身面对他们。

混乱之中,朗蒂耶偷偷地躲在栏杆后面溜下了楼梯,到门口打开通向花园的玻璃门,头也不回地跑了。月亮升了起来,照亮了四下的景物。路很好找,村子就在一公里外的树林边。他叫醒了乡村守卫,后者向村民发出了信号。

十个带着武器的人很快去了庄园。那几个人正在往管家的马车上装载一切能带走的东西。他们的下场当然是做苦役。

但科尔冈死了。

朗蒂耶从没忘记这条狗所作的牺牲,但也很少去想它。莫尔拉克的事让这一回忆浮出了水面。现在想来,这个事件对他的人生是有影响的。他参军便是为了维持秩序,抵御野蛮。当兵服务于人。当然,这是个误会。战争没有花太多时间便让他明白,事实与他的想法正好相反,秩序靠它所消耗所蹂躏的人维持。尽管如此,在内心深处,他仍忠实于本来的志愿。这个志愿的最初,有这条狗的影子。

他该是迷糊了一会儿。他少睡了一阵午觉好早点儿来监狱，但坐在长椅上摸着这条狗，他又开始做梦了。

威廉的下巴还搁在他的膝盖上，它滑稽地转着眼珠看着他。他缓缓地收回腿，推开狗，然后站起来伸展了四肢，整理好制服，朝监狱走去。阳光已经下去了，整个广场差不多都在阴影里。

他敲了门，杜热来开了。进去的时候，他听见角落里的狗又叫了起来。

## 五

今天一定是洗澡的日子。莫尔拉克干净整齐,刮了胡子,梳了头,散发着一股马赛肥皂的味道。和狗在一起的插曲使朗蒂耶的心情好起来,他走进牢房,在习惯的地方坐下,打开文件夹。

"我们说到哪儿了?噢,对,萨洛尼卡!"

"您真要我把这些都说一遍?"

"完全不是,拣重要的说。"

"喏,我们开到了前线,就这样。"

"这个地区的前线是什么样子的?"

莫尔拉克正用一根磨出斜边的小木棍掏指甲缝。既然洗了澡,就干脆把全身的每个缝隙都弄干净。

"是一些峡谷,周围是圆的山。没有什么像在皮卡第或是索姆河那样的战壕。敌方的据点都很远,我们藏在洞里,经常换地方。炮兵净瞎开火。"

"有烂泥巴吗?"

"不多,但夏天热冬天冷,温差非常大。最难受的,是我们一直都在一线,东方部队从来都缺人,没法儿换防。我们一星期又一星期地无所事事。"

"那您都干些什么?"

"我么,我读书。"

"别人也是?"

"别人不怎么读。"

朗蒂耶决定问一些问题,他头天看见他读维克多·雨果就想问了,但没想好怎么说。

"您为什么喜欢读书呢?按我知道的来说,您很早就离开了学校。"

莫尔拉克咕哝着:

"我就喜欢看,这又没什么不好。"

"喜欢阅读,您是受了什么人的影响?"

犯人耸耸肩:

"有可能。"

朗蒂耶心想是时候了。他放下笔记,站起来走了两步就走到了头。里面的墙上覆盖着内容龌龊的涂鸦。然后他猛地转身:

"今天早上,我去拜访了您的妻子。"

"她不是我妻子。"

"但她是您的孩子的母亲。"

莫尔拉克的眼里突然闪烁着仇恨:

"别管闲事!还有,够了,这些审讯,赶紧给我判了就完事儿了。"

"这样的话,"朗蒂耶回答,"我们还是言归正传说说狗的事儿吧,这是正题。"

有那么一瞬间,他想讲述他刚才在长椅上和狗的交流,但他更要保持军事法官的威严,不能让人觉得他拿这事儿

来套近乎。他严肃地重拾笔记,口气生硬,这让莫尔拉克像受罚的小学生一样低下了头,重新开始用一种机械的语调说:

"在前线和周围待了一个多月后,我们撤到了莫纳斯提利①。这已经到了春季攻击战的尾声。威廉没有跟着我们,弹片伤到了它的肋部。"

"您把它留在了前线?"

"接替我守掩体的伙计答应我照顾它。是个塞尔维亚人。贝尔格莱德战败后被撤到了科尔菲。他看威廉的眼神很怪,我觉得他撤退的时候肯定吃过不少狗肉。我就跟他托付了一件事,要是狗真活不了了,就把它埋了。"

"可它没死。"

"没死。这条狗是个硬骨头。等它差不多好了的时候,它自己穿过了瓦尔达尔峡谷一直跑到了莫纳斯提利。它被人用木棍敲破了脑袋,流下来的血糊住了眼睛。它到了时候,两只眼睛都快睁不开了。"

"后来呢?"

"幸亏我们是在一个营地里过的冬。那年冬天特别冷,除了一些阿尔卑斯猎人营的兵,没人见过这么冷的天气。三月份,我们再被调去前线的时候,路边还有两米厚的积雪。"

"狗呢?还那么精神?"

---

① 马其顿共和国西南部城市,今称比托拉。

"它在莫纳斯提利是又抖擞起来了。我没怎么管它,不过有个英国机枪手,我晚上跟他打牌的,倒是特别上心。您知道英国佬们对动物是什么样儿的。他给狗送去兵们吃剩的东西,而不是什么边角料。他还找到了消毒的药,给它治背上的伤。"

"狗没有跟着英国人走吗?不是我说,您似乎不是特别关心这条狗。"

"我跟您说过,我就是这样的。但我是它的主人,它明白。"

"总之,整个战争期间,它都跟您在一起。"

"是。"

"您在这个前线上打了很多仗吗?"

"不多。挺怪的。我们很少交火。有一回偶然碰上了一队奥地利的巡逻兵。得拼刺刀才能脱身。那是我第一次见识威廉上阵。它搞清了谁是敌人,去咬奥地利兵,一点儿也没弄错。"

"这次战斗您没有受到嘉奖。"

"这没什么,也不是什么光荣的事,大家都想保命而已。那些弗里茨①也一样,只想脱身。"

"其他的时候,你们干些什么?"

"就是些日常任务,巡逻、轮流站岗、有时候侦察地形。只不过更多的时候都用来生病了。那边气候很坏,我

---

① 奥地利士兵的外号。

躲过了疟疾，但赶上了拉肚子。你想知道狗的事儿，我可以告诉您，我生病的时候，每回需要点儿什么，都是它去找人来帮忙的。"

因为跟狗打了一点儿交道，朗蒂耶现在觉得这段故事很感人。而对比狗的忠诚，主人的冷淡更令人不解。他也能明白，跟别的农民一样，莫尔拉克不流露任何感情地使唤着狗，但除此之外，还有什么隔在他和狗中间，像是某种抵触情绪。到底有什么东西是这个囚犯不愿意吐露的呢？

法官更进一步地提问：

"您获得嘉奖的那次战斗，威廉参加了吗？"

莫尔拉克连着抽了四五口烟，弥漫的烟雾明显使他放松不少。他往后仰去，脑袋抵着墙壁。他像这样待了好一会儿，然后突然直起身看着朗蒂耶：

"这事儿说来话长，法官先生，到外头聊会好一些，您觉得呢？我们不能散散步吗？"

朗蒂耶也正有这打算。他也开始有些受不了这个阴暗封闭，充满烟草味道的囚室了。更何况外面天气晴好，莫尔拉克的证词也到了关键的时候，他得让对方信任自己。

"您说得对，我们可以去院子里走走。"

虽然现在不是放风的时间，但反正也没有别的犯人，杜热完全可以打开小院子。法官去找杜热，后者却严肃起来，沉静地考虑了一会儿这个要求是否违反纪律。朗蒂耶最后替他作了主，说这是道命令。

看守把钥匙插进锁孔,一边转一边咕哝,然后他们进到了一个网球场大小的院子里。地面砖缝里的草和青苔都在炎热的天气下变黄了。它们会在一年剩下的时间里吸收充足的水分。四周的墙由简陋的石头砌成,接缝很宽,糊着颗粒粗糙的水泥,于是院子看起来有些中世纪的样貌。在这个了无魅力也看不出年代的院子顶上,几朵小小的橘色云彩缓缓飘过深蓝的天空,一株针叶树从墙外探进头来。

呼吸着外面的空气,莫尔拉克看起来很幸福。法官甚至觉得,只要他一看见天空,被囚禁就不是什么沉重的事了。

像世界上所有的囚犯一样,他们斜穿过院子,然后开始沿着墙根绕圈。

"我不希望您所写的报告造成误解,所以我现在就马上讲清楚,关于我受到的嘉奖,您误会了。"

"您的意思是?"

"这么说吧,很抱歉,我得说您从一开始就不得要领。您向我提关于狗的问题,试着让我说我喜欢它,它是我的忠诚伙伴,我明白您的意图。"

"这是为您好,我已经说了。"

莫尔拉克干脆停下了脚步,面对法官。他的表情重新变得沉重而顽固。看来,清新的空气在他身上起的作用并没有持续太长时间。

"我不希望您将这件事轻描淡写。"

"您不想从这里出去?"

"我不想我的行为的意义被扭曲。您不能掩盖我所说的话。"

"那么,现在您可以解释清楚。我承认,我不理解您的举动,也不明白您为何执意要求重罚。"

莫尔拉克似乎并不为法官的坦白疑惑,他重拾话头。

"长官,您还记得一九一七年发生的事吗?"

朗蒂耶不安地看了他一眼。一九一七年,战争中黑暗的一年;贵妇小径战役、士兵叛乱;绝望和相互矛盾的冲突:美国部队登陆和俄军的撤退;意大利战败,还有克莱蒙梭登台。兆头很坏。

幸好杜热又出现在了门口,摇晃着钥匙。到院中散步并没有打乱一天的安排,晚餐送来了。这一回,法官庆幸自己今天来得晚。明天有一整天的时间,来继续这项肯定不会轻松愉快的工作。

*

回去的路上,朗蒂耶迟疑了一下要不要绕个弯去摸摸那条狗。他不忍心看见它又在米什莱广场的一角,倚在石头墩子上用尽最后的力气哀鸣。

但这个傍晚,居民们开始出门了。一辆马车从教堂那边过来,压得石头路咯吱作响。一个穿着黑色外套的手艺人扛着一架梯子,吹着口哨。朗蒂耶不希望人们议论他对动物的敏感和怜悯,于是摆出威严的样子穿过广场,走到九月四日街[①]上。

---

[①] 法国诸多城市都有这个街道名称,以纪念1870年法国第三共和国成立。

更远一些的地方，他进到了叫做"麝猫"的烟店里买烟，为第二天的审问作准备。他自己很少抽烟，但莫尔拉克习惯了跟他要烟抽，为了明天的对局，他得准备好这张牌。

从烟草店出来，他迎面遇见了城里宪兵队的队长。他刚到的时候就想见这个人，但别人说他不在。

"宪兵中队长加巴尔。"来人立正，用沙哑的声音报告。

红脸，短腿，加上便便大肚，宪兵队长完全是一副乡巴佬的样子。他应该是在这里土生土长的，瞅中机会进了宪兵队。这是一种实用主义的考量，就如农民选择种苜蓿而不是燕麦，完全按市场行情来。跟另外的那个宪兵交谈时朗蒂耶就明白了，在这个平静的小城里，宪兵队一共就有两个人，加巴尔就在原地完成了晋级升迁。

"我参加一个葬礼去了，离这儿有三十公里，对不起长官，我没能协助您的调查。"

他肯定是没有打过仗，在长官面前瑟瑟发抖。长毛兵们在向上级表示臣服的时候总会带上点儿傲慢的意味。

"稍息，队长。没事的，谢谢您的好意。您有点儿时间吗？"

"听从您的指令，长官。"

"这样的话，请陪我去埃蒂阿纳—多莱广场，是叫这个名字吧？那个树下有椅子的小广场。"

他们一起走去，没有说话。宪兵跛着脚，多半是痛风，而不是因打仗负的伤。到了广场，他们在一个搪瓷面的桌边坐下了。加巴尔把帽子放在膝盖上，有点紧张地搓着光亮的帽檐。服务生来问了客人要什么，端回来两杯啤酒。

泛紫色的光线开始笼罩街景，但天空还是明亮的，拉着几道粉红的云彩。长久的雨季的湿气开始从墙壁上透出来，空气凉爽，而地面和椅子还是温热的。这样轻盈的氛围定是稍纵即逝的，人们于是更觉得它珍贵。

"我每天都去了监狱，审问快要结束了。"

宪兵觉得这是在指责他。

"对不起。"他说。

但朗蒂耶并不觉得加巴尔不在有什么不便之处，于是让他放心。

"这个莫尔拉克，在这次胡闹之前，您认识他吗？"

"眼熟，跟别人一样。"

然后他又换上一幅狡黠的表情说：

"是个奇怪的家伙。"

"怎么奇怪了？"

"长官，我不知道该怎么说。他以前一点儿也不打眼的，没有家人，没有朋友。他打完仗回来的时候，市政府为战士们组织了一个仪式。他也来了，自己一个人在角落里喝了酒，又一个人走了，没跟任何人打招呼。市政府的秘书肯定地说莫尔拉克带走了银制的餐具。我们迟疑了要不要去搜查他住的地方。但最后考虑到他在前线的战绩，我们没去。不过，他拿餐具的时候，几乎是公开的，就好像是他已经想要闹上一场。"

"您认不认识瓦朗蒂娜,他儿子的母亲?"

"啊,您已经知道这事儿了。"

加巴尔放松一些了。他已经喝完了啤酒,法官示意让服务生再送来一杯。

"她嘛,又是另外一回事儿了。我们盯着她呢。"

"我还以为她足不出户呢。我去过她那儿,她住的地方几乎是在林子里头。"

"她不出门,可有些人去找她。"

"哪些人?"

宪兵俯身过来,有些警惕地看了四周一眼。

"工人。"他压低声音,"在逃的家伙。她以为我们不知道。我们故意的,这样的话那些人接来。不过我们盯着呢,他们一出来就被我们逮住。"

他狡猾地微笑着,像是偷猎者透露他的陷阱的位置。

"您了解她的家庭吗?"宪兵胸有成竹地问道。

果然,朗蒂耶有些诧异:

"我以为她家里没人了,都病死了。是她自己跟我说的。"

"死是死了,他们可没白活。"加巴尔得意地反驳。

"我相信您,不过这话怎么说?"

"呵,她没跟您说到她父亲?"

"没有。"

"她不拿这个吹牛。她父亲,您明白,是个德国的犹太人,跟那个今年冬天被打死的罗莎·卢森堡关系密切。他曾经是第二国际的成员。活跃分子,狂暴的和平主义者。他被抓起来了,死在昂热的监狱里。说是得了结核病。"

"那她母亲呢?"

"本来是本地的女孩子。她父母把她送到巴黎一个大店里想让她学裁缝,她在那儿碰上了那个移民。她疯了似的喜欢上他,两人结了婚。她本来家境不错,家里是买卖牲口的,在这边有些田产。她继承了一小部分,大头都给了她兄弟们。幸亏这是在她丈夫死后,不然那男人肯定要让她都卖了,好把钱都拿去做那事业。"

喝完第二杯啤酒,宪兵中队长是完全放松下来了。朗蒂耶有些惊异于他的消息如此灵通,头脑如此灵活。他是隐隐觉得后者藏着什么没亮出来,但也还是吃了一惊。

"这个可怜的女人,没享受到遗产带来的好处就和她的大女儿一起病死了,就剩下这个瓦朗蒂娜,说是跟她爸长得一模一样,也一样的走火入魔。"

"不过看上去不像是这样。"

一边说着这话,朗蒂耶一边猛然想起她严厉的眼神和她说到战争时的语气。

"她机灵着呢。她的母亲有个姨妈,一个人住在那个前不着村后不着店的地方,谁也不见。她收留了瓦朗蒂娜,肯定也教了她些巫术的把戏。"

"您知不知道为什么莫尔拉克回来之后没有去找她?"

宪兵耸了耸肩膀。

"这些人想什么我们怎么猜得到?肯定是吵架了吧。"

"她遇见了别的什么人?"

"我跟您说了,她那儿人进人出的。那些跟警察有麻烦的革命分子都到她家来避风头。要是说她跟其中的谁好上了,那我可不知道。"

天完全黑了下来。咖啡馆的服务生点燃了桌子周围的油灯和广场两边的煤气灯,有些苍白的紫色光线透到石砌的地面上。朗蒂耶看看表,想着要是想吃上晚饭,就得赶紧回旅店了。

"队长,您能帮我个忙吗?"

加巴尔突然想起来对面跟他说话的人是谁,直起身来大声道:

"是,长官。"

"那打探一下莫尔拉克回来后有没有见过他儿子。"

"这可不容易,不过……"

"就靠您了。要是您打探到什么,请来找我。"

朗蒂耶在桌上放下几枚硬币站起来。宪兵本想行个军礼,但法官跟他握了握手。

回去的路上,他觉得微风似乎不时吹散了狗的叫声。那些声音已经很微弱,而且不规则。

# 六

瓦朗蒂娜本不想进来,只是站在旅馆门口。虽然朗蒂耶在喝上咖啡之前完全不中用,还是远远地就认出了他。他没料到她会来,更没料到她来得这么快,又这么早。但她肯定是辗转了一夜没有合眼,现在,她来了,沉着脸,下了决心。

"早上好瓦朗蒂娜,请进来,来喝杯咖啡。"他走到门外对她说。

她两手拎着一个篮子摇晃着,有些尴尬的样子。朗蒂耶想起她的父亲,政治活跃分子,还有加巴尔说的,父女长得一模一样。他父亲可能也是这样的人,能毫不犹豫放火烧掉一座有钱人的房子,却在人请他进去的时候感到羞怯。他最终说服她进到里面。

他走在她身后,带她穿过旅馆的走廊,两边的墙上贴着壁纸,挂着画儿,他明白了她为什么迟疑。在家里,她和她周围的环境是协调的,但在这里,她粗糙的衣裙和木底的鞋似乎让她成了这个地方的污渍。

他带她来到了屋后放着几把椅子的小露台,而不是粉饰过的客厅,她在这里才不显得那么突兀。

他点了一杯咖啡,她什么都没要。如此谢绝,让人明显地感到她的强烈意愿:绝不向"敌人"要任何东西。这类的原则，如果更近情理一点，还能让人肃然起敬，可一定要适用到诸如一杯咖啡这样微不足道的事物上，却显得可笑而幼稚。

为了保持镇静，她把篮子放到了地上，假装在里面找什么东西。女仆给朗蒂耶端来了咖啡，两人都安静着，这时，她不加寒暄，坚定地看着朗蒂耶，开门见山地说：

"说到底，我要见他。我要他知道。"

"我跟他提出过建议，可是……"

"他肯定说不。但您不能只是提出建议。"

她模仿了朗蒂耶说这几个字时的轻巧声调。从这语气就可以揣摩到她在想到军队时该是如何地怒火中烧。

"那您具体需要我跟他说什么呢？"

"就说我必须见他。务必的。我要求见他。"

"包在我身上。要是他改变主意，我会亲自来给您传话。"

"不用这么麻烦。"

"为什么？"

"我待在城里等着。"

他抬了一下眉毛表示诧异。

"我认识一个卖菜的，在市场上摆摊时她就在我旁边。她住在市场后面，这段时间里，她能一直收留我。"

"很好。"

"他能收信吗？"

"能，但是看守会打开看。"

"这样的话,跟他说就行了。"她轻轻地说。

她站起来,提起篮子,像洗衣女工那样把篮子抵在胯骨上。

"告诉他,他回来的时候弄错了,那是一个同志。"

"您是说他……"

"我不是在跟您说话,是跟他,他一个人。"

她慌了,突然涌出的情感让她局促不安,几乎没有告辞便赶紧逃走。朗蒂耶没有试图拦住她。

*

当法官到监狱去采集最后的供词的时候,他几乎震惊地发现,广场异常地安静。威廉没影儿了,也听不到它的声音。他去问杜热。

"这么着一直叫,它快不行啦。夜里它总算喊不动了,我就着月光看见它在那边直挺挺地躺着。我还以为它死了呢,跟您说吧,它死了我可不难过。不过今天早晨,医院的护理员来送汤的时候,告诉了我是怎么回事。"

"它在哪儿?您知道,我审这个案子是需要这条狗的。它也参与了这个不法行为,它该算做同谋或者证据什么的。"

"它在对面呢,一个屋子里。广场那边斜着出去的那条路,看见了吗?就在底楼,第一个门。"

"您去了?"

"我不能擅离职守。"

"这倒是。这样的话,我自己去了。"

穿过广场的时候,朗蒂耶自问为什么想出来证据这一说。不用把狗牵出来军事法庭也能审判莫尔拉克。宪兵的笔录都写得好好的,还有他自己的审讯报告也能做补充。真相比这个愚蠢得多:他想要再看到这条狗。了解这只狗的下落成了他的个人意愿。这个想法让他觉得好笑,但他不想放弃。

杜热说的小房子破败不堪,被两栋楼挤在中间。这该是这个镇子还是一个小村庄时留下来的遗迹了,那时候,没有两层的房屋,只有排成一排的小房子。门框是石头的,门楣上以拙劣的笔迹写着落成日期"一七七八年",字已经快看不清了。

朗蒂耶拍了拍手型的铜制叩门锤,一个女人的声音很快大声地喊他进去。进去后几乎是黑的,走道尽头是一个窄小的客厅。受潮的地毯散发着密闭的空间特有的味道,窗帘和蒙椅子的布料则饱含冷凝的油脂的气息。就算外面天气好,在这个角落里,人们也能迅速地忘却阳光。平常的日子里,也就是说一年到头,在这里浸渍的空气从来没有更换过,简直不知道这座房子的窗户还能不能打开。

家具很多,几乎不能在屋里转身。一个椭圆的桌子放在屋子中间,后面是两边已经开裂的大理石壁炉。二者之间,安放了一个体积过大的沙发,威廉就躺在那上面,身下是一张仓促铺上以保护沙发面的床单。

在浅粉色床单上躺着的威廉看起来确实不怎么样。在阳光下的广场上，朗蒂耶没有仔细看这只动物瘦到了什么地步。它肋骨突兀，腹部深陷，呼吸时发出的嘶嘶声似乎来自身体深处。暗色的短毛伏倒后，伤疤露了出来。它缓慢地眨了眨眼，似乎用尽了全身的力气。当法官走近来抚摸它的时候，它连头都没有动一下。

"您看见了吗，它把自己搞成什么样子！可怜的东西……"

说话的是个老妇人，正扶着家具走过来。

她戴着一顶假发，却没把它固定上，假发像贝雷帽那样朝一边歪下来。

"我天天夜里都给它带去了吃的，也有别的邻居给它水喝。可是这么热的天，这么个不停地叫，还不把它累死？"

朗蒂耶说是。他坐在沙发的边缘，像在广场上那样抚摸它的脖子。威廉闭上眼睛，呼吸不那么急促了。

"您肯定是兽医吧？该是波尔先生给您打的电话，他跟我说他会打电话。"

"不是，抱歉，我不是兽医。"

他有点儿担心她问他来这儿干什么，但她一边转回厨房，一边自言自语：

"反正也用不着兽医。这个可怜的畜牲需要什么我们都知道：荫凉地儿，喝的，吃的，就这些。"

"您会把它留在这儿？"

"它要是愿意就没问题，但我可以打赌，等它好起来一点儿，要是它的主人还没有放出来，它肯定又会去监狱门口汪汪叫。"

她回来了，手里拿着一个裂了缝的搪瓷的水罐，像是灌肠用的。

"这些混账当兵的！"老太太嘟囔着。

朗蒂耶吓了一跳，是在说他吗？该怎么回话？但从近处看到她时他就明白了。扶着家具走路原来是为了辨别方向，她差不多是瞎的。她的一只眼睛覆盖着一层白翳，另一只朝天上看着。她肯定没有看出来他穿着军装。

"您认识它的主人？"他问

"大家都认识，是本地人。"

"他做了什么坏事？"

"什么都没有，他只做了好事。他跟这帮杀人犯说了些真话，他们不爱听，就来报复。"

"那些当兵的？"

"就是，都是一伙的。将军，还有他们伺候的那些搞政治的，还有卖军火的。就是他们这些人把乡下的小伙子送去受死的。"

老妇人机械地朝碗柜转过去，碗柜在窗户和玄关之间，占了一面墙。三张装框的照片放在上面。三张年轻男孩儿的脸，眼神幼稚又安详，充满希望。最年长的一个应该不到二十五岁。旁边有一张更大的相片，相纸凸凹不平，上面是一个男人的全身像，穿着工兵的制服，腰带扎得紧紧的。

"我儿子和我的三个孙子。"老妇人说道，好像她感觉到了朗蒂耶在看照片。

"他们都……"

"都死了,同一年。一九一五年。"

片刻的安静后,为了抛开情绪,老人又活动起来。她把橡胶管子塞进威廉的嘴里,举起水罐让水流下去。狗大声地吞咽着,有时咳嗽,有时被呛到。但它任凭摆布,就好像知道这是为它好。

"要是它的主人被判了刑您怎么办?您能把狗养在您家里?"

"判刑?呀,造孽啊!但愿仁慈的上帝不会撒手不管这样的事情。整整四年,他们来抓乡里的孩子们,让他们送死去,可现在,仗打完了,倒是轮到什么省长、宪兵这些个混饭吃的人说说清楚了。他们要是给他判刑,那可真是造八辈子的孽!"

狗被大大地呛了一口,咳了起来,水从它嘴里流到沙发上。

"哎呀,我倒得太快了。别急,乖!别急!"

她放下水罐,卷起管子,突然想起来什么似的,空洞的眼睛望向朗蒂耶的方向,问道:

"可是,您到底是谁啊?"

他慌了:

"朋友。"

"狗的朋友?"老人嘿嘿笑着。

"它的主人的朋友。"

要是她寻根问底他就得胡说了，那会麻烦的，他赶紧告辞：

"对不起，我得走了。我会再来看看的，拜托您照顾这狗了，谢谢，再谢谢了。"

法官走出来，关门的时候听见老妇人在跟狗开玩笑：

"你主子的朋友可真奇怪！"

*

朗蒂耶在老人家并没有浪费太长时间。他到监狱时，修道院的钟声刚刚敲了九下。

一眼就能看出，莫尔拉克在等他。有什么东西在这个犯人身上发生了彻底的变化。审讯对他来说不再是煎熬，他盼着跟法官的对话。

这也是军队里一个有趣的现象，一道命令发出后，必须有另一道命令来撤销它。既然朗蒂耶头天什么也没说，今天杜热就直接把犯人和法官带去楼后的小院子里，并带上身后的门，好让他们俩清静。他时不时地溜达到门后，然后又放心地走开。

这回，莫尔拉克把军官领到正好在太阳底下的石头条凳前。

"我先跟您说好，今天会有点长。"

"我有的是时间。"

高墙下的院子如同井底一般，夜晚的清凉还没有消散，阳光温暖地抚摸着他们的后背。

"我跟您说到了一九一六年，这一年我到了东方前线。

整整一年，白白受罪。进攻战一塌糊涂，这些山区里的冬天又非常冷，再加上构成这个东方部队的各个部分争争吵吵。说是联盟，谁都知道怎么回事，大家都有自己的一本账。英国人想着的是通向印度的路，在萨洛尼卡能不做的事儿就不做，要是都听他们的，说不定所有的部队都被派去埃及了。意大利人只对阿尔巴尼亚感兴趣。希腊人总是朝三暮四，一会儿想支持德国，一会儿向盟军靠拢。军官们吵得一团糟，部队更倒霉，冬天冻得要命，夏天又有疟疾，还拉肚子。"

"您有机会探亲吗？"

莫尔拉克似乎并不喜欢这个问题。他低下头。

"没有。反正，我也不想要。"

他迅速地换了话题，重拾话头。

"一七年，向北的进攻战重新开始了。我是在东区，马其顿。对面是保加利亚人。我们只知道罗马尼亚垮掉了，别的什么都不明白。战区是一座座的山头和峡谷，只要走到山梁上就会被打。军事目标是切尔娜河。不过，对面他们的防御工事修得很好，我们最后也挖洞隐蔽起来了。"

"这到底也像是我们在法国经历过的：战壕，掩体。"

"特别是长时间的等待。再加上离法国远，我们收不到信。我们经过一些奇怪的村子，房子是白色的，从来没见过跟那差不多的地方。可是没人喜欢我们。上帝才知道那些村民看见我们来了的时候是不是做鬼脸。每回都以为他们一心盼着我们来，过两天才明白，他们给敌人通风透气，要不然就直接割了我们的喉咙。"

"有跟你们联合的军队吗？"

"我正要说到这儿。"

杜热的红色脸庞在门上的小窗框里现了一下。

"我们的左边，是安南人，这些可怜人都快被冻死了。这种气候下，他们全都奄奄一息。面色发灰，然后就不动了。说话时都吐不出几个字来。"

"在阿尔戈恩也是。"

"伙计们跟我说要看好威廉，因为听说他们吃狗肉。但它也去了他们那边两三次，没人动它。"

"传闻里总是有很多夸张的成分。我从没见过他们吃狗肉。"

莫尔拉克做了一个打断的手势，他要谈到关键的部分了。

"我们的右边是俄罗斯人。他们离我们特别近，战线都重叠了。要是顺着我们的战壕一直走，就能走到他们的战壕里。这些人很热情，尤其是，他们知道冬天是怎么回事儿。他们吃的东西不多，但后勤总给送酒来。他们晚上会奏音乐，威廉就跑去那边。他们对狗挺好，有一回还给它灌了伏特加，回来的时候走路歪歪扭扭，大家都笑它。"

太阳换了地方，他们在石凳上挪了挪，好待在阳光里。

"我呢，经常去那边找狗，后来就认识了几个人。有一个叫阿弗尼诺夫的，会讲法语，我喜欢跟他聊。他也就是一个普通战士，但有文化。他原来是圣彼得堡的排字工人。

他惹上了沙皇的警察，人家也没问他愿不愿意，就把他送到前线了。"

"他们的军官不看着他？"

"没几个军官。我感觉他们这一拨的都跟他的情况差不多。他们一起开会，连着几小时谈政治。一七年初，他们越来越兴奋。听到二月革命的消息的时候，都跟疯了一样，跳了一整夜的舞，最后是我们的军官发了话，怕敌人趁机打我们。沙皇被废让他们高兴得发了狂，坐都坐不住。就跟当天就能回家了似的。"

"他们是怎么知道这些消息的？您告诉我说你们几乎与世隔绝。"

"我们是，他们可不。这就是问题所在。您知道，对面是保加利亚人，他们的语言很近，互相听得懂。保加利亚人，还有奥地利和土耳其人一样，每天都能收到关于俄国的信息。他们的军官觉得俄国的困难局势能鼓舞士气，他们保证说一旦沙皇被废，俄国人很快就不打仗了。"

"就是说，俄国人和保加利亚人虽然是面对面的敌人，但却有联系？"

"我是这么理解的，事情也就是这么开始的。"

# 七

河里的水位很低，水流撞到石头上，由此产生的白色泡沫几乎覆盖了整个河面。春天垂到水里的柳树枝，这会儿挂在半空，末端缠着肮脏的水藻。

一个年轻人蹲在河中间。他先前从石头上跳到那里，然后光脚踩在满是苔藓的石头上，一动不动俯视着水流。他的眼神就像捕猎的猛禽，对准他身下的深水坑。太阳的光斑在水底的沙子上跃动，一条鳟鱼就在这个狭窄的天然水盆里游动。他缓缓地举起一根一头削尖的长棍，又止住不动好半天，然后果断地将纤细的标枪掷入水里，叉中了那条鱼。他把棍子从水里拿出来，被串起来的鱼还在棍子上挣扎。捕鱼人直起身子，却突然像止住脚步的狗一样不动了。他看到一个身影正在岸上注视着他。

"别想跑，路易！我总能找着你在哪儿。过来点儿。"

加巴尔几乎不用提高声调。小河缓慢地流淌，几乎没有水声。对于那双惯于洞察细微声响的耳朵来说，这寂静的林中，宪兵的声音清晰地回响。

路易自如地从一块块石头上走向岸边，等走到队长跟前，他低下头，笨拙地把手放到身后，想把猎物藏起来。这是个二十来岁的小伙子，满身的体毛，眉毛中间连到了一起，额上的发际线很低，卷曲的头发从那里垂下来。他弓着背站着，似乎只要有人在就很害怕的样子。而在树林里却相反，他的眼神和野兽一样灵敏。他靠打猎和捕鱼过活，六岁时母亲就死了，没人知道父亲是谁。他被送到了孤儿院，又从那里跑出来两次，每次都回到林边他出生的房子里。后来人们就放任他在那儿待着了。加巴尔留神着他，他知道这个男孩儿不会干坏事儿，也知道他想要什么，弱点在哪儿。

"我看你还是这么利索。让我瞧瞧。"

鳟鱼已经不动了，认命了或是已经死了。这是一条皮肤会折射光线的漂亮的鱼，长棍不偏不倚从它的身子中间穿透。

"我说，路易，最近你挺老实的。但你还是跑去看她。"

小伙子摇着头：

"没有没有！我发誓。"

"别发誓，这样妥善一点儿。尤其我是知道的。我也盯着你呢，你以为呢！"

路易摆弄着还插着鱼的木棍。

"听着，我知道你没干什么坏事。你自己都把持不住地想要去，这没办法。要是你喜欢，你还可以在树枝后头远远的看着她，只要你不打搅人家。"

年轻人瞟了一眼宪兵，不知道他到底要说什么。

"我需要你帮忙，路易。你欠着我呢，是不是？"

对方并不作任何表示，等他说完。

"你认不认识瓦朗蒂娜的情人莫尔拉克？"

路易的眼里闪过恨意。

"他去打仗了。"他低沉着声音，恶狠狠地说。

"他去了又回来了。而且你知道。"

路易转过脑袋。

"你每天都去看她，我没弄错吧。"

小伙子不回话。

"别跟我瞎编。我知道你的习惯。早上你躲在她菜园子上头的林子里，好看她弯腰侍弄蔬菜。下午你又从她屋后经过，好偷看到她给母山羊挤奶。别说不是。只要你安安分分的，我没什么要再说的。"

"我就碰过她一回……"

"这就已经把她吓得够呛。她那么不喜欢穿制服的，居然跑来找我，那她可真是吓坏了。"

"现在没有了。"

"我相信你，路易。我不是因为这个来找你的。"

"那是什么？"

"是什么，我告诉你，你可以帮我。我要你把你知道的告诉我。"

路易用他长满黑毛的宽厚的手掌蹭蹭胸前。

"莫尔拉克打完仗回来后，你有没有在这附近见过他？"

路易不喜欢这个话题。能看出来他想跑开，有什么事情他不喜欢的，他就会这样做。可是加巴尔用他那双倔强的农民的小眼睛瞪着他，这让他害怕。

"我觉得是。"

"拜托,别忽悠。他到底是来了还是没来。"

"来了。"

"好些回?"

"是。"

"多少回?"

"每天都来。"

宪兵停顿了一下,好像要把这些信息塞到保险柜里。

"你知不知道他在牢里?"

路易张大眼睛,脸上浮过一丝坏笑,但他马上收敛了。

"不知道。他干嘛了?"

"蠢事。七月十四号那天。"

"怪不得他最近不来了。"

"你最后一次看见他是什么时候?"

"我不知道是哪天,可能是三个星期前吧。"

"那就是了。游行前一天他还来过。他来做什么?找她说话?"

"啊,没有!"年轻人声调高起来。

加巴尔心想,幸亏莫尔拉克没有越过某些个界限,否则,事情可能已经朝着另一个方向发展。他了解路易隐藏的粗暴潜质,另一个方向无疑会是一场惨剧。

"那么,跟我说说,他来是做什么?跟你一样躲起来看她?"

"我比他躲得好,他没看见过我。"

"她呢？你说她看见他没？"

"我看不会。他跟的不是她。"

"那是谁？"

"是那个小孩儿。"

加巴尔退后一步，坐在沿河边放倒的一棵树的树干上。水的清凉挡不住已经袭来的热浪。他用叠成小方块的格子手绢擦擦额头。

"你说的都是实话？他去看的是那个小孩儿？"

"我干嘛说假话？"

"他试着跟孩子说话了吗？"

"没有。"

"他没跟孩子说上话还是他没有试着跟孩子说话？"

"没有试着。"

宪兵叹了一口气。跟路易说话总有这样的陷阱。小伙子的脑瓜领会不了这样的细微差别，听到什么就是什么，别人也不能怪他。但这样的谈话很累人。

"你的意思是他说了话，跟孩子说了话，是吗？"

"是的。"

"经过是怎么样的？"

"一天早晨，她在屋里。"

路易总是说"她"，就像瓦朗蒂娜这个名字对他来说太残酷，太痛苦。

"小孩儿跑去城堡那边玩儿。"

当地人以前管一座防御要塞的遗址叫城堡,说是阿涅斯·索蕾尔①在那儿住过。随着这个遗址逐渐成为一摊覆盖着树莓的石头堆,叫它城堡的人也少了。但路易还保持着原来的叫法。

"你跟着他们?"

"当然了,您知道,这个小孩子,也有点儿是她。"

加巴尔明白,对方简单的头脑里有着这样疯狂的念头:保护这个孩子,也许能赢得瓦朗蒂娜的感激甚至是感情。

"他们说什么了?"

"我太远,听不见。您说的这个人,那,这个莫尔拉克,从躲的地方出来,跟孩子说了好久的话。小孩儿听着他说话,但是等他要拉他的手的时候,这个小野孩子撒丫子跑了,换我我也会跑,真的!"

"莫尔拉克再试过跟他说话吗?"

"有一回。可是小孩子看见他时,没让他靠近就跑了。"

"你觉得他告诉他妈了?"

"我觉得不会。"

"为什么你觉得不会?"

"要是他说了啥,后来几天她肯定不会让孩子一个人溜达。再说我觉得肯定是因为这个,为了还能想去哪儿就去哪儿。反正要是我的话也会这样做。"

---

① Agnès Sorel(1442—1450),法王查理七世的情妇。

宪兵点点头站起来，走近路易，捏了捏他的耳朵。这是拿破仑对士兵的手法，加巴尔知道这个。反正，皇帝身上最好的地方，干嘛不学着呢？路易则很熟悉这个亲昵的手势，把它当成一种鼓励和赞赏，本来也是这样。

"准备好，我过不久还会来找你的。"中队长最后说。

不过这就是一句套话，路易知道，他可能一连过好几个月都见不着对方。他装出尊重和有些胆怯的样子，表示他明白了加巴尔的意思，然后什么也不问，就拿着鳟鱼消失了。

\*

阳光消失了，莫尔拉克和法官绕着院子走着。他们的手都放在衣兜里，布缝的衣兜因此都变得鼓鼓的。

"二月革命后，俄国人就开始吵起来了。"犯人说道。

"保皇党和革命派之间，是吗？"

"保皇党，已经不多了，可能在军官中还有，不过反正他们也不声张。干架的是支持临时政府的人和要继续革命的苏维埃支持者。阿弗尼诺夫完全在苏维埃一边。"

"您呢？"

"我？"

莫尔拉克有些窘迫。他明白得谈到他自己。他在事件中的角色，他完全认账。难的是开头，怎样才能说清楚他是怎样参与到这事儿当中的呢？

"您知道，一开始，我没有想过有一天我会用到我看过的那些书。"

"您在瓦朗蒂娜家看过的书？"

莫尔拉克不愿回答这个问题,这一回,朗蒂耶也觉得自己提这么直接而无用的问题实在有些莽撞。

"探亲期间,我念了很多书。战争改变了我。我没有想象过这些事物能存在。炮弹、大批穿军装的人,几分钟之内,几千个人死在太阳底下的战斗。我本是个农民,您明白?我以前什么都不懂。虽然我在打仗之前就开始看书,但都是些无关紧要的书。我放假回来的时候,就是另外一回事了。我得找着答案。我想知道别人是怎么理解战争、社会、军队、权力、钱,这些东西,我都刚刚接触到。"

"您放假待了多久?"

"两个星期。时间太短。但没能看的书我都带走了。"

"行军包裹里可装不了太多的东西。"

"我拿了三本。"

"哪三本?"

莫尔拉克站起来,宣读《福音书》似的说出了书的标题:

"普鲁东:《贫穷之哲学》,马克思:《雾月十八日》,还有克鲁泡特金:《无政府主义的道德原则》。"

"包里带着这类的书籍,您就没有惹上过麻烦?"

"事实上,司令部在俄国革命发生后才开始有所警觉。我也是做了准备的。我把封面换了,从外面看就是些爱情小说。"

朗蒂耶想起了习惯于地下工作的瓦朗蒂娜的父亲,这个女儿也早早地学会了掩饰。她应该不会不乐意将莫尔拉克也引进自己的领地,和他分享这些危险的秘密。

"那您在这些书里找到了什么?"

"当他们说到这个世界的时候,我都明白。但他们的革命观点一开始对我来说,就像美梦一样,顶多,跟天堂一样是个美好的诺言。但自从俄国发生了这些事,我明白了这些梦是可以实现的。"

他停了下来,从正面看着朗蒂耶。他的脸变形了。他的身上没有愉悦,仍然没有,只有一种从身体深处升上来的热量。他的目光变得灼热,呼吸变得深沉,皮肤因为热血加速循环而突然改变了颜色。他不再是一个在土里刨食的农民,而是一个渴望空间和未来的男人。如果没有听见他刚才的话,人们可能会以为他疯了。

"您明白吗?我们本来在地狱深处,在污水潭里。而同时,某个地方的人民的意愿使他们摆脱了暴君!这个工作必须完成,革命必须继续下去,不光是在俄国,而是在所有的地方。为了达到这个目的,首先要做的,是终止这场战争。要是我们反抗了,就只剩下将军们来打仗了……我们可以用对待尼古拉二世的方法来打倒他们。"

"您参加了叛变?"

朗蒂耶很惊异,在犯人的军事档案中,关于这一切,一个字儿也没有。相反的,正是在一九一七年,他因为英勇行为获得奖章。

"没有。"莫尔拉克肯定地说。

"你们部队里有吗?"

"有一些愚蠢的事情。好几个人为了被送走而自残。这是些就想着自己保命的自私的人。他们自以为聪明,可是大部分都被发现了,有的人被判了,有的人被枪毙了。这种行为能改变什么?"

战争期间,朗蒂耶的部队里也出过这样一件事:一个年轻的面包房工人,在夜里执勤的时候,往战壕外招手,被打掉了两根手指头。两边阵线离得很近,对面另一个可怜人,可能明白了他的意思开了枪。这样的事情很是可鄙,但作为单元的长官,他没有别的选择,只能把这孩子送去军事法庭。他不知道他后来怎样了。

"和俄国人在一起,我们有别的想法,我们有更大的目标。"

莫尔拉克身上让他不自在的东西现在完全暴露在了太阳底下。在这之前,朗蒂耶对这个犯人感到疑惑,也有些不信任,但不明白为什么。现在,他恍然大悟:这个人又保守又狂妄,表面谦逊,内心深处却坚信自己比别人都要明智。莫尔拉克是一个被巨人的野心吞噬掉的小矮子。不知道应该同情他承载着如此巨大的抱负,还是嘲笑他勃勃的野心。

"我们和阿弗尼诺夫还有他的同伴,策划了一个规模很大的,让保加利亚人也参与进来的行动。我们的理由很简单:一个有效的阻止战争的运动,必须在战线的两边同时发展。否则,运动就会演变成一方或另一方的溃败,于是拒绝战斗的人就会被看成叛徒。我们所想要的,首先是联合两个阵营,然后违抗上面的命令。"

"在法国也发生过这样的事,战线两边的士兵暂时停火。我在圣诞节时听人说的。"

"是,"莫尔拉克一本正经地进一步说,"是有过一些跟敌方友善的行动。但是没有政治基础是走不远的。正因为如此,我们更倾向依靠跟我们有共同革命理想的人。"

"你们的军官、干部,放手不干涉你们?他们跟你们有一样的理想?"

犯人的脸上掠过一丝轻蔑的笑容。

"我们不会冒无用的险,去联合对事业不利的阶级敌人。我们的方法仅仅是地下活动。名义上我是去俄国人那边喝酒,听音乐。我有狗,很方便。我跟我的士官说威廉老往那边跑,因为它找着个女朋友。这是真的。于是他就准许我去那边找狗。"

"俄国人也养着狗?"

"我不知道那条母狗是从哪儿来的,他们可能就是在驻地捡着的。反正,它成了他们的吉祥物,取了个名字叫萨巴卡。威廉比这母狗大多了,不过它还是找着法子让萨巴卡怀上了小崽儿。我走的时候,还没生,不知道小狗会长成什么样儿。"

杜热走进院子,说犯人的午餐送到了。他们回到牢房。看守也明白了,这审讯没个止境,他在一个小桌子上放了两个盘子和两个杯子,从一个送来的白铁罐子里盛出汤来。法官坐到莫尔拉克对面,两人一边继续谈话,一边喝着温热的汤。

"于是这个行动怎么样了?"

"很简单但是很难实施。卢佩尔堡垒那边,有一个战区,我们和保加利亚人的阵线非常接近。不是所有的地方都是这样儿。在这样的山区,大多数的据点都很分散,相隔很远。俄国人的侦察兵知道保加利亚的部队每十天都会换防,其中有一支,有很多支持这个事业的战士。我们想等到这一支部队换到前线的战壕里来时,发出信号,保加利亚部队的人打死他们的军官,我们也从战壕里出来跟他们会合。然后整个前线的同志都传递这个消息,组织起义。我们会在萨洛尼卡和索非亚发表宣言,工人们也会起义。这样,就会是战争的尽头,革命的开始。"

"吃吧,快凉了。"

莫尔拉克看着他的盘子,似乎过了好一会儿才回过神来。他几口就喝完了汤,好不再为这配餐伤脑筋。

"那事实上是怎样一个过程呢?"

犯人的脸色暗下来。他缓缓地放下勺子,撕下一块面包擦拭盘子。

"一开始跟计划的一样。"

"只是一开始?"

寂静。莫尔拉克重新变得阴郁沮丧,重拾倔强的模样。

"准备工作大概进行了三个星期。行动的时候,我得找个借口去俄国人那边。保加利亚部队的轮换也出现了一些意外。最后,九月十二号的时候,一切就绪了。"

"我记得这是您立功的日子?"

莫尔拉克耸耸肩,不回答。他退后一点,用指甲剔边上的牙齿。

"那天,白天很热,夜里变得很舒服,大家都休息好了,信心十足。但气氛还是很紧张的。最微妙的时刻,是走出战壕进到无人区的时候。不巧的是,那天晚上没有月亮,什么都看不见。我们准备了钳子用来绞铁丝网。只要一接上头,我们就可以打开灯,组织起来。最危险的是开头。"

"你们这个秘密行动有多少人参加?"

"俄国人这边,几乎整个部队都参与。阿弗尼诺夫跟我保证说保加利亚人那边至少有二百人愿意加入进来。而且凑巧的是,他们那边的军官都被招到司令部去了。"

杜热进来撤掉盘子,在每个人面前放下一个苹果,又出去了。

"我们计划在凌晨四点开始行动,这样可以在日出之前就组织起来,也不至于两边联合起来后还要摸黑太长时间。"

"信号是什么?"

"《国际歌》。保加利亚人那边先开始,我们接上合唱。阵地的布局太近了,对面都听得见,尤其是夜里。四点,我们听见歌声响起来了。您不能想象这让我们有多激动。"

法官觉得莫尔拉克的眼睛似乎湿润了。反正,他抽出了一条手绢擤鼻涕以掩盖情绪。

"之后的事情就发生得特别快。当时我们没有明白是怎么回事,是后来才捋清了线索。"

他又擤了鼻涕,这一次很大声,然后重新摆出负气的样子。

"我就不跟您啰嗦细节了。都怪威廉。跟平常一样,它跟我在一起。它有猎狗的好眼神和本能。当它觉察出对面有动静的时候,它爬上一架梯子,冲出了战壕。一个保加利亚兵正像预计的那样在往前走,但狗一点也不信赖……"

他冷笑了几声。

"它直接扑上去咬那人的喉咙。用刺刀干仗的那回它也这么去了,还受了表扬,不是吗?对它来说,敌人就是敌人。真是条忠实的好狗。"

莫尔拉克脸上显出可怕的表情。

"对,忠实。"他重复道。

朗蒂耶开始明白了。

"那个兵叫喊起来。四周一片漆黑,所有的人都慌了。虽然最坚定的同志们都使劲儿喊说这不是什么大事儿,其他人不相信他们。那些人都以为这是个圈套。有人开始打枪,我们这边有人还击,照明弹升起来了。我们这边的炮兵向对面的战壕开火,炮弹像雨点儿一样。您能想象那场面。"

"那您是怎么抽身出来的?"

"我和阿弗尼诺夫都目瞪口呆,一开始,我们还稳住大家,后来,事情的方向变了。战争又开始了,大家又得各自保命了。有人发出了反击的信号,俄国兵都冲出了战壕,我也冲了。保加利亚部队那边很妥善地准备了叛乱：战区里的士官都被清除了。结果他们那边闹得不可开交，我们没有受到任何阻力就打过去了。太可怕了。我们在杀害刚才还准备和我们站到一起的同志。几分钟以前，我们还打算拉起手来，现在，又是战斗，碰到谁就杀掉谁。"

"最后您受伤了？"

"大概一小时之后吧。我们突破了三条防线，我方的火炮手没有料到进度会这么快，没有做准备，于是开始密集地开火。一块弹片打中了我的后脑勺，不深，但把我打晕了。三天后，我醒来的时候，是在萨洛尼卡的一所医院里。"

# 八

"我就是这样当上英雄的。"

莫尔拉克做出结论,狠狠地咬了一口苹果作为停顿。

"总的来说是因为一条狗。"法官总结道。

犯人嚼着苹果点点头。

"所以您对它耿耿于怀?"

"现在不了。"他吐出一颗籽儿,说,"一开始在医院醒来的时候,还不是:当我意识到事情的发生经过时,我想杀掉它。我能起身的时候,就看到它在楼下的院子里等我。整夜整夜的,一直到我恢复,我都在琢磨怎么干掉它。"

莫尔拉克把苹果核扔到桌上。

"可是我没法弄。首先,我在床上动弹不了。再说了,我是个英雄,您明白吗?有军官给我送来了沙拉伊亲自签署的嘉奖令。纪尧玛将军接替他之后,来参观了医院,他和他的司令官一起到我的房间里来跟我祝贺。所有人都跟我说起我的狗,人们知道它和我一起上了前线。护士们在院子里喂它,来告诉我它的消息。要是我一枪打死它,没人能明白为什么。谁能想到我一天到晚想的就是要打死它。"

他又冷笑起来,苦涩的表情让朗蒂耶很不自在。

"整个冬天我都被关起来接受治疗,天气一好起来,医生们就准许我散步,以为能让我高兴,结果那些傻乎乎的护士把威廉牵来陪我!她们还一起凑了钱给它买了个漂亮的项圈。唯一能安慰我让我能忍受狗待在我旁边的事情,就是看着它被一根绳子拴住的样子。"

"可它只是一条狗,您不能怪它……"

"最后我是这么跟自己说的。这是半年后了。大夏天,我记得很清楚,就像在昨天一样。我和它坐在一棵松树底下。我看着它光秃秃的后颈,它也在那次战斗中也受了伤,伤口慢慢地在愈合。突然,我像头晕了一样,周围的东西好像转了起来。其实是我脑子里在转:然后突然尘埃落定,所有的想法都变了。"

他站起来走到牢房最里面,然后猛地转过身:

"英雄是它。这是我的想法。您瞧。不光是因为它在前线上帮了我也负了伤,不是,道理比这个更深刻,更彻底。它身上,有着士兵应该具有的一切优点。它忠诚到死,勇敢,对敌人毫无怜悯。对它来说,世界上只有好人和坏人。有一个词儿能说清楚:它没有一点儿人性。当然了,它是条狗……但我们不是狗,但我们却要拥有这些素质。荣誉、奖章、嘉奖、晋级,都是为了奖励这些畜牲的行为。"

他现在站在朗蒂耶面前,望着更高更远的地方,而在这窄小的囚室里,他的目光止于墙壁。

"相反的,唯一能表现人性的行为——跟敌人握手言和,放下武器,强迫政府接受和平,这个,才是最值得谴责的,要是被发现,我们是会被判死刑的。"

他停了一下,静下来坐下。

"等明白了这个,我不再恨威廉了。但我也没有任何喜欢它的理由。它服从了自己的天性,它的天性不是人性。这是它唯一的理由。而送我们去杀戮的人没有这样的理由。总之,也就是在这时,我决定了我要做的事。"

朗蒂耶静静地听完这长篇的告白。他迷惑了。内心深处,他理解并赞同莫尔拉克说的话。但同时,要是这个人因为开小差或是叛乱被带到他面前来,他会毫不犹豫地判罚。

说完这一番话,犯人精疲力尽,垂着胳膊坐在硬床上,眼神空洞。法官并不显得更加机敏。他感觉自己需要从这个缺乏空气流通的屋子里出去,去走一走,整理想法。这个案子已经审了四天了,该是得出结论的时候了。最终,他本不该给这个人和他所做的事赋予过多的意义。

就算摊上最微妙的案子,朗蒂耶的决断能力也是众所周知的。但这一次,他没法儿下定论。知道得越多越迷惑。有那么一瞬间,他甚至自问,莫尔拉克是不是故意要搅乱他的想法。但这么想,是否认对方告白时显而易见的坦诚态度。

窘迫终于逼着他开口了。这一回,不考虑听者的感受,他干巴巴地告辞道:

"做好准备,明天您得在口供笔录上签字。"

走到外面,沐浴着米什莱广场上仍旧温热的阳光,他像一个刚刚从噩梦中醒来的人那样用手摸摸脸,看着周围。

他第一个看到的,便是重新坐到树下老地方的威廉。狗没有叫,只是一直看着法官,直到他转过街角。

*

瓦朗蒂娜平时并不抽烟,但这会儿把自己弄到这么尴尬的境地里,她选择这种方式来放松情绪。朗蒂耶把灰盒子烟丝递给她,她笨拙地卷了烟,又因为大口吸进去的烟雾而咳嗽。

他在进到门厅时看到了她,她想要跟他谈话。不过这一回并不是简短的会话,她要和盘托出,她鼓足了腼腆的人的全部勇气,几乎不遮掩地表示希望法官能请她吃晚饭。他并不在乎人们会说什么,她似乎也不把这个放在心上。这一次,餐厅空空荡荡。她想要尽量表现得不在意,可眼睛却亮闪闪的。她轻轻地抚摸着洁白的,像动物的皮毛一样柔软的餐巾。

"我不常跟穿制服的人说知心话。您肯定调查过,知道我从哪儿来。"

她只用了一刻钟就喝掉了半瓶波尔多酒。朗蒂耶可不希望她以为自己想要灌醉她。但她知道自己在做什么。出人意料的是,她仍然镇定自若,可能比没喝酒时更沉稳。

"我刚认识他时,他几乎刚从他的农场里走出来。"

当然,她是在说莫尔拉克。朗蒂耶本希望不用再想到他。他本想一个人待着,忘掉这回事儿。可事与愿违,还没完。那他就坚持到底,听听她要说什么吧。

"我喜欢他什么?为什么对他感兴趣?"

他什么也没问。听到这样的提问,他才明白她有些微醉。事实上,她是在跟自己说话。

"他看起来不像农民,就这么简单。有这样的人,活在他们的阶层之外。您不觉得这让人放心吗?我经常听到人谈到阶级斗争,整个童年,我父亲几乎光说这个。我接受了这个想法。这是事实,我们不能否认。可等到他去世后我到了这里的乡下,我对自己说,这还不够。阶级之外,还有人。经历能改变一个人的阶级,比如说我。然后,似乎还有人生活在这些之外,可以说是独立生存的。"

她几乎没有动面前的煮牛肉。她应该不习惯吃肉,还有带汤汁的菜。

"我们刚认识的时候,雅克几乎不会念书。我知道他是为了我开心才学的。我有些不好意思,但也高兴他为我做出努力。他不会说爱,但他找到了这种方式来表达他的感受。"

"他读什么呢?"

"什么都读。主要是小说。他不告诉我他最喜欢什么,但他走的时候我看得见书架上的空缺。我从来都知道我的书在哪里。看起来不像,那些书看起来没有归类,但是我知道。"

这样的热天气里,她看起来更瘦了。她的裙子上罩了一件织得歪歪扭扭的羊毛开衫,但酒的热劲儿起来后,她把开衫脱掉了,朗蒂耶能看见她肌肉明显的脖子、胸衣的带子搭在深陷的锁骨窝上。

"我有《新爱洛伊斯》，因为这是卢梭的书，我父亲把他看作启蒙时期的思想者。但我明白，雅克把这本书留了很久，是有别的缘由。他是浪漫的，只是自己不知道。我喜欢这样。"

"您跟他谈政治吗？"

"那时候从不谈。战争爆发的时候，我们聊过一次当时的局势。他无比幼稚。说实话，他什么都不懂，这一点上，他是个地道的农民。他觉得有一天有人来把他拉去打仗是正常的，尽管他不喜欢。他走的时候，我试着跟他聊，但后来明白了这是白费劲。我做了一些我自己从来没有想象过会做的事情。我给他织了一条围巾。我想要他带着我的什么东西走。我的狗跟着他跑了的时候，我感觉很幸福。"

"威廉，是您的狗？"

"那时它不这么叫。是我姨祖母的狗，准确地说，是她的老牧羊犬的儿子。别的小狗我们都淹死了，她把这一条留下来给了我。我本来叫它吉鲁。"

她笑着，但因为爱美，她并不把牙齿露出太长时间，因为边上少了一颗，她知道这不漂亮。

"这只狗很喜欢人，每回有邮递员来，它都跟着跑，有时好些天都不回来。雅克开始来找我的时候，它总是去跟他亲热。"

"您有让他把狗带去打仗？"

"您想想会吗？它自己跑了。而我因此觉得很幸福。"

"他给您写信吗？"

"他还在法国的时候我每周都能收到信。有一天,他回来了。"

酒瓶空了,朗蒂耶迟疑着是不是再要一瓶。她捏碎了面包,用手指捻着面包渣放到嘴里。

"那是十二月底,天气很冷。是这里的那种潮湿的冷。我们白天晚上都在屋里待着取暖。我把准备一个冬天用的柴都烧了。没关系,我想要他舒舒服服的。"

"他变了?"

"彻头彻尾的。就像一棵没有树叶的树,又干又硬。他不笑了,话很多。"

"都说些什么?"

"战斗,尽管那时他还没上前线;那些他在部队里看到的各种各样的人;各种被发明出来的不可思议的杀人武器。他什么都不明白,战争对他来说是神秘的,他从来没想象过。他想要了解政治、经济、民族、国家,他的问题铺天盖地。"

她抓起酒杯,沮丧地看着杯底的酒。朗蒂耶又要了一瓶。

"我没有心情跟他讲这些抽象的问题,这也许很难理解。但是,您明白,我在热恋之中,不愿意想这些事情。我知道他待不了很久,我需要感到幸福,我想要亲他,碰到他,跟他紧紧地抱在一起。于是,我仅仅给他推荐了一些书。他开始读以前没有感过兴趣的政治方面的书籍。他读书的时候,我就看着他,从头到脚地吻他,靠在他温热的身体上。"

"他待了多久？"

"两个星期。显而易见的，我怀孕了。我知道会这样，而且几乎知道是什么时候怀上的，但我没有告诉他。"

女服务员拿来了第二瓶酒，没好气地往杯里倒，洒了一点儿在桌布上也没有道歉。

"他走的时候拿了三本书。"

"普鲁东、马克思和克鲁泡特金。"

"他告诉您了。"

从谈话开始，这是她第一次仔细地看着朗蒂耶，他几乎觉得她刚刚发现他的存在。

"后来他去了东方部队。"他说。

她突然显得疲惫不堪。整个脸都松弛黯淡下来，仿佛内心深处巨大的痛苦重新攫住了她。

"他的信上是这么写的。我简直绝望了。您看，他还在法国的时候，我觉得他还很近。但在希腊的战争，是另外一回事儿了。我觉得他回不来了。我给他写了信，说我怀上了孩子，得让他在走之前知道这事儿。我心里可能是想要他能想个办法别离我太远。"

"他知道后怎么说？"

"他回信说挺好，要是孩子在他回来之前生下来，是女孩儿就叫玛丽，是男孩就叫儒勒。"

她有点儿神经质地笑了笑：

"我说过，他不知道怎么表达情感。"

朗蒂耶似乎看到了她眼角的一丝泪光，但她把头发甩到后面的同时，一切都消失了。

"于是我明白了，唯一的希望就是战争早日结束。在这之前我跟父亲的朋友们都疏远了，我不想跟他们再有联系。政治给我们造成的创伤够多了。但是，突然的，我改变了主意。这是唯一的一群人，他们跟战争作斗争，一开始就宣告说战争是卑鄙的勾当，揭示了它的本质，要从根源除掉邪恶。这些乌托邦主义者，社会主义活动分子，我错怪了他们。我给他们其中一个叫让德罗的写了信。他本是我的教父。我父亲去世后他找过我，可我从来没有回过话。幸运的是，他的地址没变，收到了我的信。"

三个男人进到了酒吧里。酒吧和饭厅中间有个毛玻璃隔断，没有完全封闭到天花板。他们大声地和老板谈笑着。

"这个让德罗是罗勒斯①的同伴之一。罗勒斯被暗杀后，他仍然信奉和平主义的观点，跟军队有很多过节。"

朗蒂耶很欣慰她不再另眼看待自己，她分清一些事情的界限，向自己坦白。

"他仍然领导着一群很活跃的反战人士。他们有一些正式活动，还有一份半地下的报纸。他们也帮助支持所有的和平主义斗争者，特别是那些不得不隐藏起来的外国人。"

"您不怕给他写信招来麻烦？"

"什么麻烦？您想想，因为我父亲，反正一直有人盯着我的。但警察也知道我不做什么坏事。而且我在信里也没

---

① 指 Jean Jaurès (1859—1914)，法国社会主义者，和平倡导人物。

写别的什么,主要是说想再见到他,话说回来他仍是我的教父。"

"他回信了?"

"他派了个人来。一个勒克勒佐的矿工,那人走了一百公里来给我带信儿。他待了两天,看了我的住处,明白了我能做些什么。"

"他们不想让您去城里住?"

"正好相反。他们需要乡下可以躲人的地方,有的人在逃,有的人要避风头。"

"您给莫尔拉克写信说了这些事?"

他们叫了咖啡。她缓缓地放了两块糖到杯里,用勺子搅化了。

"坏就坏在没有说。我本不想让他担心。做这些事是为了我自己,您知道,是为了觉得我有用,能出力,哪怕一丁点儿,让战争早点结束。"

"他已经去了希腊?"

"我不知道。来信开始不那么有规律。雅克从一个营地折腾到另一个营地,越来越往南。最后他们到了土伦。可是又迟迟不上船,因为有潜艇战。"

她咧了咧嘴。旁边的人喝醉了酒,变本加厉地大声喧闹,时时盖过她低沉的声音。

"总之让德罗没有荒废时间。他派人送来了成捆的地下传单,在传播出去之前先藏在我这里。他送来了一对比利时夫妻,从一座拘留营逃出来的。半年时间,家里几乎一直有人。"

"莫尔拉克仍然不知情?"

她低下头。这段回忆显然让她很痛苦。她紧张地掰着手指。

"我什么都没有跟他说。自从这些事情真的开始了之后,我几乎不能在信里透露任何细节。信都要通过军事审查……不过,我确实应该提前告诉他,而不是等他自己来发现。"

"他自己发现?他那么远怎么能发现?"

"他回来了。"

"您是说他又有了一次探亲的机会?"

"七月,上船之前,他申请到了三天。他没说他要去哪儿,不然肯定不准。他奇迹般地跳上了运货的火车,偷了一匹马,走完最后的几公里,直到把鞋走坏。这些都是我后来知道的……"

她笑了,笑里有欣赏,有遗憾,有绝望。

"他是一大早到的,躲在菜园子的墙后头,您知道是哪儿?他想给我一个惊喜。"

她吸吸鼻子,坐直了,好镇定下来。

"那段时间,让德罗送了一个阿尔萨斯的工人过来,他因为破坏行动被通缉。是个高大的金发男孩儿,很温和。他不怎么说话,但帮了我不少忙。大着肚子,园子里的好多事我都干不了了。这个阿尔贝尔会侍弄菜园。我都不用跟他讲得做什么。"

"您就有一间屋子,他睡哪儿?"

她郑重地抬起头:

"和我一起。我们什么都不干。反正我已经快生了。但是,您看,我不知道一个男人能不能理解,我当时需要有人在我身边。我贴着他的身体。我不再是孤零零的一个人,我的孩子也不再是一个人。这样说起来很奇怪。"

"那他呢?对他来说这样就好?"

"我想是的。他很温柔,不停地吻我。有时候我能感觉到他的欲望,但他从来没有强迫我。他说我温柔地对待他就够了。他很想家,而且他的家里只有女人,一个母亲和四个姐妹。"

"莫尔拉克发现你们在一起?"

"他看到阿尔贝尔从屋里出去,他总是比我早起,到井边洗漱。"

"那个男孩儿知道您有个情人打仗去了?"

"看我的样子他就能猜到。但在同志之间,有一条规矩:尽量少说自己。这是为被审问的时候做准备。"

"他们说话了?"

"阿尔贝尔看到菜园里的士兵时,问他在那儿干嘛。莫尔拉克问他我在不在家,他说我还在睡觉。"

她把餐巾绞到了一根手指上,使劲地拉紧,拉紧。血流不过去了,应该很疼。

"阿尔贝尔问他要不要传话,雅克站了起来。他看了一会儿关着的门,说:'不用。'然后就走了。"

"您没见着他？"

"那天早上我特别的累。孩子在肚子里不停地动，我睡得很不好。我一小时后才起来，阿尔贝尔去给兔子割草了，吃午饭的时候他才跟我说起莫尔拉克的事儿。当时已经太晚了，追不上了。"

朗蒂耶看着她。虽然她很瘦，不加修饰，艰难的生活在她的面容上留下了痕迹，但有一种神采，像一朵不肯熄灭的火苗，像彻底的黑暗中更显明亮的一束光，让她看起来是美丽的。

"您给他写信了吗？"

"当然。但还是因为审查的缘故，我不能一五一十地说出实情。再说，我都不确信他能不能收到信。"

"他不写吗？"

"再没有写过。"

"您有告诉他孩子生了？"

"儒勒出生时，我给他写了信。再过了段时间，我还到城里给他照上了一张像。不知道他收没收到照片。"

这一次，她再也忍不住眼泪了。泪珠静静地淌下来，好像雨滴从干燥的木板上滑下。如此洒落几滴之后，她动起来，用餐巾擦了脸，直直地看着朗蒂耶，说：

"我向您保证，我从未停止过想他。我只爱过他，我只爱他。我梦到他。有的时候，冬天的夜里，我走到寒冷的屋外，不穿衣服，也感觉不到冷，我喊着他的名字，好像他马上能从菜园子里走出来，走到我这里。我闭上眼睛，能感觉到他的呼吸,他的味道……您会觉得我疯了。"

朗蒂耶垂下眼帘。一个被爱情煎熬的女人的呐喊,总让男人们觉得,他们在这一方面是多么无能。

"他从战场上回来,您不知道?"

"直到他闹了这一场被抓起来时我才知道。"

另一边,那些酒鬼乱七八糟地出去了。服务员从门缝里往这边瞧,看看是不是该把账单拿过来了。

"我就靠您了。"瓦朗蒂娜深深地看着法官的眼睛。

# 九

在调查的最后一步开始前,朗蒂耶想要在乡间长长地散散步。

他天刚亮就起身了,然后往北走,那边开始的大森林,一直覆盖到布尔热。

大部分的树都是橡树,最早的从路易十四时期就开始栽种了。沿着造林的通道往前深入,有些树的排列出人意料。杂乱无章的树干暂时让出位置,一条笔直的空隙似乎一直通向地平线。混乱的自然景物中,人类意志陡然呈现,这像极了杂乱的思绪中,一个想法的诞生。突然地,一条新的大道出现了,一缕光线投下来,事物和思绪都变得井然有序。而景物或思绪中,那一现的灵光并不持久。一旦重新抬步,一旦重整头脑,如果没有小心地记住或写下来,那条大道便如昙花般消失了。

不过在这样的森林里前行,总是对思考有好处。朗蒂耶也需要这个。除了还没有办完的案子,他也想到了自己将要开始的新生活,要脱下戎装跨出去的这一步。他还想到了这场战争,最后几个案子的审理是这场战争的第二次结束。和这些林间缝隙一样笔直的,是战场上成排的坟墓。死去的士兵被掩埋在土中,但这些种子永远不会发芽。

他在森林深处发现了一个池塘,绕着走了一圈。他遇见了几个猎人,他们正在为狩猎季的到来做准备,四出走遍树林。跑在他们前面的狗走上来闻他。朗蒂耶心想,只有狗不会影响人的独处。他想到了威廉,又觉得莫尔拉克是幸运的,在他不幸的故事里,这条狗一直都陪伴着他。他有些愤懑,莫尔拉克对狗竟没有一点儿感激之情。

他下到了一片种着大麦的平原上,走在金色麦穗涌动的田野边,然后拐上一条通往城里的满是灰尘的马路。走了不到二百米,他便看见有人骑着车冲他过来了。是加巴尔。

"我在找您。人说您在这附近。"

独处结束了。宪兵中队长推着车和朗蒂耶一起走着,向他报告他打探来的消息。

这个人,和威廉一样忠诚。朗蒂耶想。不过跟一个宪兵一起散步,毕竟不是一码事儿。

\*

杜热诅咒着让他到外面去站岗的法官。不在牢房里审问犯人,还把他请到办公室来,这算怎么一回事儿!好吧,这是最后一天了,得让他在笔录上签字,听取法官的判决,但不管怎么说,这算什么……践踏纪律,再说了,万一出了什么岔子,杜热一定马上把自己跟这事儿撇清关系。

朗蒂耶坐在办公桌后,犯人坐在他对面缺了一个扶手的椅子里。

"我仔细地考虑过了,莫尔拉克。请允许我跟您这样讲:您对人性的看法不太完整。"

"您在说什么?"

"这些跟敌人亲善的事儿、你们准备组织的叛乱、结束战争……"

"是,那又怎样?"

"对您来说,这就是人性,对吧?友善对抗仇恨等等。"

"确实如此。"

"那么我觉得,这样的定义太仓促。人性,也代表有理想,并为之斗争。您拥护和平,因为您不相信这场战争。您反对国家的概念,反对资产阶级政府。我没有弄错吧?"

莫尔拉克有点不知所措,他完全没有料到谈话会如此开始,于是变得很谨慎。

"但是,"法官接着说,"如果要为了自己赞同的理想而斗争,我觉得您也会同意。十月革命,俄国的革命者夺取了政权,您没有鼓掌吗?"

"有。"

"当他们处决了沙皇和他的家人时,你们有呼吁亲善吗?"

"这是为了防止反动势力卷土重来的代价。"

"啊,对了,代价……"

朗蒂耶起身转向窗户,反剪双手。

"我们就不往下谈了。我知道要是接着说,咱们还能谈很久。"

他转过身,盯着犯人:

"我只是想要把话讲清楚。我们的价值观不一样,我们的理想不一样。但我们都是战士。"

"可以这么说,那又怎么样?"

"那么,您所做的事情,也就是我所要审判的事件,从您的斗争的观点来看,是错误的。"

莫尔拉克显出惊异的表情。

"是一个错误,也是一个弱点,请允许我这样讲。您的行为,跟您从事的斗争——并不是我的斗争,我再说一遍——不相连贯。"

"我不明白您的意思。"

"您不明白,来,我们再从头看看。"

朗蒂耶重新坐下,打开放在桌上的卷宗。

"一九一九年七月十四日,"他读道,"早上八点半,丹东大道上的游行正在准备,主席台上,以省长埃米尔·勒加尼厄尔先生为首的主席团成员已经就座。姓名为莫尔拉克·雅克的老战士接近了主席台。该人出生于本地区一个受人尊重的农民家庭。考虑到他在战争中负的伤和所获得的荣誉军团勋章,执守主席台的宪兵认为没有必要驱逐该人。"

莫尔拉克耸耸肩,眼神空洞。

"上面提到的莫尔拉克,走到省长先生面前,距离主席台只有三步之遥。受邀出席的宾客们都安静下来,莫尔拉克高声唤取了长官们的注意,并自报了姓名。"

朗蒂耶抬眼看看犯人是不是在听。

"他明显事先做了准备,用没有起伏的语调宣告了背下来的如下内容：'由于在东方战场上表现杰出，毫不迟疑攻击有和平企图的保加利亚士兵，您面前的这位战士威廉获得了祖国的最高荣誉。'"

莫尔拉克露出一丝苦笑。

"该人举起十字架，接着说道：'战士威廉，我以共和国总统的名义，欢迎您加入无耻军团，以表彰您盲目的暴力，对强者的屈服和最接近兽性的本能，我封您为荣誉军团骑士。'将勋章挂在狗脖子上后，他行了一个军礼，并转身加入游行队伍。最前列的部队此时正好到达主席台前方。此人走在部队前方，跟在滑稽地佩戴着勋章的狗后面。"

广场另一头的威廉，听到了它的名字似的，虚弱地叫了两声。

"广场上聚集的人群，突然意识到该挑衅行为，开始哄笑喧闹。有人喊出了'打倒战争'的口号，有掌声爆发。由于事发突然，执守的宪兵没有听到莫尔拉克的发言，并及时制止其对长官们的当众侮辱。宪兵中队长加巴尔，从远离主席台的位置目睹了莫尔拉克和其戴着红项圈的狗在游行队伍开头的拙劣表演，对其实施了逮捕。其合法行为却招来了群众的敌对反应，中队长被一些石子打中，太阳穴位置受轻伤。省长命令群众解散，并不得不动用为游行而身着盛装的军队。本年度庆祝仪式由此结束，并未能向国家表达崇高的敬意。"

朗蒂耶站起来，推开文件。

"您是要我签字？"莫尔拉克懒懒地笑着。

"您知道这样的行为会意味着什么吗?"

"无所谓,您愿意就枪毙我。"

"战争已经结束了,司法审判的过程也不会那么草率了。最有可能的惩罚是遣送。"

"那送我去做苦役吧。我已经准备好了。"

"您已经准备好了,甚至迫不及待,我早就明白了。我给您的一切可以减轻处罚的提议,您都拒绝了。说说这个,您为什么执意要被判刑?您认为这有助于您的理想吗?"

"一切让人民唾弃战争的行为,对我的理想都是有益的,就像您说的。要是那些所谓的英雄都拒绝屠杀组织者赐予的下贱的荣誉,就不会再有人庆祝这场所谓的胜利。唯一真正的胜利,是针对战争和制造了战争的资本者要取得的胜利。"

法官站起来,从办公桌前走过,在莫尔拉克对面的一把椅子上坐下了。他们的膝盖几乎能碰到。

"这些话,您相信到什么程度?"

在军官的微笑面前,莫尔拉克有些慌乱。

"我相信,就这样。"

"那么,我呢,跟您说不是这样。您找来了论据并且维护它们。但您并不相信。"

"为什么?"

"因为您还没有幼稚到这种程度,以为这么闹一闹就能改变世界。"

"这只是一个开始。"

"不对。这是一个结束。至少对您来说是这样。您会被送到一个遥远的殖民地,去砸石头,在那边消失再不回来。"

"那又关您什么事?"

"一点儿也不关我的事。但要说您的话,您的'事业'就会失去一个支持者。您把唯一的一颗子弹打了,谁也没打中,这事业也没有前进一分。"

"要是您给我判刑,人们会造反的。"

"您真信?您把他们逗笑了,这咱都知道。为您鼓掌的人,有几个会拿起武器来保护您?您要是什么都没做,为游行欢呼的还是这些人。您认为有无限力量的人民,已经厌倦斗争了,就算是反战的斗争。再过不了多久,您会看到他们完全无所谓地走过死难者纪念碑。"

"革命会来的。"

"就算您说得对,革命也是必要的,您觉得怎样才能推翻已有的秩序?在省长面前给狗授勋就好?"

朗蒂耶的声音里没有嘲讽,这些批评因此显得更加刺耳。

"我相信个人的表率作用。"莫尔拉克不太有底气地回答。

他的脸通红,不知是因为耻辱还是愤怒。法官停顿了好一会儿。广场上有马蹄踏在石砌地面的声音,然后一切又重归沉寂。

"认真地说说吧,好吗?现在请让我说明,您为什么采取了这个举动，您为什么想要消失掉。"

"您说我听着。"

"康复之后，您被送去了巴黎。在那边待的几个月里，您没有工作，退伍津贴够用了。在这段时间里，您有无数次的机会跟革命分子取得联系，但您没有。如果真的那么坚定，我想您应该抓住身处首都的机会投身革命。"

"您怎么知道？"

"太简单了，我被派来办案的时候，司令部传来了您的档案。东方战线上的老战士，警察们盯得挺紧。您与俄国士兵的友谊并非无人知晓，您明白？回来之后，情报部门放心下来，因为您没有跟谁有不好的来往。"

莫尔拉克耸耸肩，但并不反驳。

"六月十五日您回到这里，一位寡妇出租房间，您在那儿住下来。您很少露面，甚至没有去看望接管了家里农场的妹夫。"

"我不喜欢他，他也不对我好，是个懒人、强盗。"

"我没有看法。这是个事实。但是，您却经常去看望您的儿子。"

毫无防备的莫尔拉克显出吃惊的表情。

"您躲起来看他。一天，您跟他搭话，他却害怕了。您仍然回去看他，但更加谨慎小心。"

"那又怎样？这又不犯罪。"

"谁说犯罪了。这一次，我还是没有看法。我只是试着弄明白。"

"有什么好弄明白的？那是我的孩子，我想看他，就这么简单。"

"当然了。但为什么不去看孩子的母亲？"

"我们翻脸了。"

"说得真好！您看，莫尔拉克，您是个聪明人，可是只怕在这一点上，就像许多别的事情一样，您对自己撒谎。"

朗蒂耶站起来把窗户打开。这个窗户没有栅栏，杜热走过来看是怎么回事。法官示意让他走开，然后把手撑在窗台上看着广场。狗，还在原来的地方，坐了起来。

"您对这个可怜的畜牲太不公平。"他带着沉思的神态说，"您埋怨它如此忠诚，因为这是畜牲的品质。但我们都具有这个品质，您是第一个。"

他转过来看着莫尔拉克：

"事实上，您把这个品质看得如此重要，于是从来都没有原谅瓦朗蒂娜缺乏忠诚。您是我所遇见的最忠诚的人，证据就是您没有放弃过对她的爱。您是为了她才回来的，不是吗？"

莫尔拉克耸耸肩，看着自己的手。

"我想，我们跟畜牲最大的区别，"法官接着说，"不是忠诚。它们完全不具备，但人身上有的，是另一种情感，而且您的身上，满满都是。"

"哪一种？"

"傲慢。"

一语中的。习惯于各种考验的老战士，此时没有了自信。

"您宁肯惩罚她，惩罚自己，在她的眼皮底下演一出造反的戏，也不愿意跟她交谈，了解真相。"

"那不是一出戏。"

"总之，那是为她量身打造的一出事件。您的观众是她。"

莫尔拉克还想做最后的反驳，但朗蒂耶的话缴去了傲慢这一武器，他说了话，但无法再加上威胁式的语气：

"那她收到了信息更好。"

"可惜您没有听见她的回答。"

附近的院子里，孩子们的叫声一直传到这里。闷热的空气似乎只传播清亮的声音，比如小教堂每一刻钟都敲响的钟声。

"总之，"朗蒂耶用坚定的声音总结道，"我不会给您的挑衅行为赋予更多的意义。既然我必须对您进行审判，我知道我会怎样惩罚您，怎样重重地惩罚您的傲慢。您要见到她，并听她讲话。您要听她讲清原委，并意识到您犯下了多大的错误。这就是对您的判决。不过，请注意，我不接受任何的托辞。"

"我可以拒绝吗？"

"不可以。"

朗蒂耶将谈话时敞开的坎肩的扣子一颗颗地系上，从办公桌后的扶手椅背上拿起搭在上面的外套穿上。他用手梳了梳了头发，再理了一下小胡子，然后站直，重新摆出军官惯有的姿态。

"结案了。我不听取反驳。"

但这自信之下似乎又有一丝腼腆,他决定在出门之前要说的话里又含着那么一点儿羞怯。他开口了,不再是一位法官,而是一个普通人,他说:

"现在,尽管如此……我还是有一件事要请求您。"

## 十

法官径直回了旅馆,他知道瓦朗蒂娜在那里等他。

她在大会客厅里,不太自在地坐在一幅画着古代马车的巨大油画前。她待在右边的角落,画家在这一边点缀了一个乡间的旅舍。她好像更愿意跟站在自家门口的农妇待在一起,而那些从马车里探出头来的美丽妇人则会让她不安。

看到军官进来,她跳了起来。

"怎么样了?"她抓住他的手问道。

"马上去见他。他在等您。"

为了避免目睹年轻女人的感情流露,也可能是为了掩饰自己的情绪,他头也不回地走上楼梯,大声说:

"他自由了。"

## 十一

一辆军用四门轿车飞驰在乡间，镀铬大灯闪亮，轮胎上方的翼子板涂着黑漆。阳光烤热了顶棚，朗蒂耶摇下了车窗，让风吹进来。

汽车在孩子们的尖叫声中穿过村庄，他举起帽子跟在田间干活的人们打招呼。昨天下了暴雨，得赶紧把最后几块地里的麦子收上来。空气里已经有了秋天的味道，树林开始招摇着最早的几许棕色光影。

他坚持要在回去的路上穿着便服，好开始适应新生活的开始。一过奥尔良，他就迫不及待地想要赶快到巴黎，好见到他的妻子和孩子们。他们会不会喜欢他带回去的礼物呢？不如说他们会很高兴它生活幸福。说真的，这可不算是什么漂亮礼物。甚至莫尔拉克，毫不犹豫就送给了他……

朗蒂耶时不时地转身看看后座确认一下：不是，真的不是漂亮礼物。或者，这礼物其实只是送给他自己的。

他伸出胳膊，摸摸那松弛的面颊，真是个奇怪的礼物。

"不是吗，威廉？"他大声说。

狗呢，它也似乎带着一丝微笑。

## 致敬

那是在二〇一一年。一个法国的周刊送我去约旦观察阿拉伯之春的局势。可惜对我来说,约旦是唯一一个什么都没有发生的国家。与陪伴我的摄影师伯努瓦·日森贝尔格一起,我们成天啜饮着啤酒,互相讲故事。

伯努瓦是个很有天分和奇思妙想的年轻人。他的生活使他跨越世纪,并近距离地观察了众多有着小说般情节的事件。

不过,在这些无所事事的日子里,他给我讲述的种种故事中,我只记住了一个。这是一个简洁短小的故事,但我马上察觉到,它正是这些稀有的细碎晶体之一,拿它奠基,便有可能构建出整个的小说。

那是他的祖父的故事。第一次世界大战后,他被授予荣誉军团的骑士勋章,作为英雄回到家乡。一个纵酒欢庆的日子,他做了一件在那个时代闻所未闻的事,因而获咎被捕,并被审判。这就是本书最后的章节。

在写这本小说的时候,我不停地想到伯努瓦。写作的过程中,他的疾病发作了。可惜,他没能读到这个故事。我写完的时候,病痛已经击垮了他。

我仅仅来得及告诉他,这本书是献给他的。

这些文字是献给他,纪念他的。

他曾是一位亲密的朋友,优秀的摄影师。